糸針屋見立帖

韋《い》駄《だ》天《てん》おんな

稲葉　稔

幻冬舎文庫

糸針屋見立帖

韋《い》駄《だ》天《てん》おんな

目次

第一章　手首をくわえた犬

一

嘉永二年（一八四九）四月――初夏である。

神田花房町の一画に小さな糸針屋があった。屋号を「ふじ屋」と称す。この店の主《あるじ》は、ちょっとした評判の女だった。

「小股《こまた》の切れ上がった女ってえのは、ふじ屋の千早《ちはや》さんのようなのをいうんだろうな」

そう、女主の名は「千早」といった。

「だけどよ、ちょっと声をかけづれえしよ、口説きたくてもなァ……」

「おれたちにゃ、高嶺《たかね》の花ってわけだよなァ。ちきしょう、でも一度でいいから、あんな女としっぽり……」

茶屋に座る職人風の男二人は、むふむふと、助平そうに鼻の下を伸ばして、葦簀《よしず》の向こうに見えるふじ屋を眺めた。

今、まさにその店から千早が姿を現した。つぶしの島田に黄楊《つげ》の櫛《くし》を挿《さ》し、口に簪《かんざし》をくわえていた。萌葱《もえぎ》色《いろ》の格子縞の単衣《ひとえ》をらょいとからげた足にのぞく、緋紫《ひむらさき》の蹴出しが色っぽい。帯は締めず、前垂れの紐で間に合わせていた。

千早は口の簪を髷《まげ》に挿すと、ふぁあ、と欠伸《あくび》の漏れそうな口を片手で塞《ふさ》いだ。それから腰に手をあて、晴れ渡った空をあおぎ見、ゆっくり視線を落とした。色白の細面《ほそおもて》、柳のような眉に少し大きめの切れ長の目、すうっと通った鼻筋、口許《くちもと》にある小さな黒子《ほくろ》が婀娜《あだ》っぽい。

千早はまた大きく口を開けて欠伸をしそうになった。慌てて口を塞ぐ。欠伸といっしょに目に涙がにじんだ。その目をちょいと指先でぬぐい、通りを眺める。

すぐそばに筋違橋《すじかいばし》があり、御門がある。通りの先には神田川が流れており、河岸場がある。川の向こう、つまり橋の向こうは、八ツ小路と呼ばれる火除《ひよ》け地を兼ねた広場で、江戸近郊の村から青物が運ばれてきて市が立つ。それに便乗して大道芸人や飴売りなども集まってきて商いをはじめるところだ。

神田川の向こう岸には、柳原土手が東に延びている。

「ふぁ……。いけない」

また欠伸を口で塞いだ千早は、くるっと店を振り返った。ふじ屋と染め抜かれた紺暖簾《のれん》をちょいとくぐると、狭い三和土《たたき》の先に式台があり、すぐ畳の間の店となっている。壁際に、魔除けと商売繁盛を祈願する札を貼りつけた糸箪笥《いとだんす》が並んでいる。

商品は種々の糸に針、針箱、針休、針刺、掛針、物差、ひき板などの裁縫道具が所狭しとある。

千早は大福帳を置いた帳場に、ちょこんと座ったが、落ち着きなくまた立ち上がり、奥の居間につながる三尺暖簾をくぐった。左手に台所、右に居間、その隣が寝間となっていた。千早は寝間の襖《ふすま》をガラリと開けて、頬をふくらませて腕組みをした。

薄布団の上に、夏が半分口を開けて寝ていた。

寝間着は乱れ、白い太股《ふともも》が露《あら》わになっており、さらに千早が羨《うらや》ましいと思うほど豊かで形のよい乳房がこぼれそうになっている。

「また、寝坊かい。いったいいつまで寝ているのよ」

小言は聞こえないのか、夏は起きようとしない。

「お夏、起きなさい。お夏……」

再度の声で、うーん、と甘えた声を漏らした夏が、かすかに目を開けて、寝返りを打った。千早は夏の腰を押すように揺さぶって、ぴしゃんと尻を叩いた。

「起きなったら起きな。ぐうたらしていると、追ン出すからね。ほら、お夏」

「わかったわよ」

「はあー、酒臭ッ。大体が飲み過ぎなんだよ」

「……水、水をちょうだい」

「まったくあきれるね」

千早はぶつぶついいながら台所に行って、水を持ってきてやった。半身を起こした夏が、喉を鳴らして水を飲みほす。

「もう、朝……?」

「この明るさを見りゃわかるでしょ」

千早はぶっきらぼうにいって、縁側の障子を引き開けた。朝の光が射し込んできて、寝間に満ちた。夏はまぶしそうに目を細めた。縁側の先に猫庭がある。新緑の若葉がまぶしく、日の光に照り返っていた。

「……なに、不機嫌な顔してるのさ」

だらしなく布団の上に横座りしてつぶやいた夏の一言に、千早はむかっときた。寝間を出て行こうとした足を止め、まなじりを吊り上げて振り返った。

「不機嫌でも何でもないわよ。あんたのだらしなさが情けないからよ」

「ほら、怒ってる」

「腹を立ててるのよ」

「同じことじゃない」

千早はむかっ、むか、むかーっとする。その場にどしんと音を立てて座ると、

「いい、お夏。あんたは居候の身なのよ。居候の分際なんだよ。それなのに、朝はいつも寝坊、夜は酒かっくらって正体不明。そんなだらしない暮らしのどこがいいっていうんだい。少しは自分のことを考えたらどうだい？」

「夜になったらいっしょに酒飲むじゃないのさ」

むむむむ、むかーっ。

怒りが爆発しそうになるが、夏のどことなく愛嬌のある顔を見ると、真剣に怒れなくなる。夏は全体的にぽっちゃりした体形で、目が大きく愛くるしく、憎めない顔を

している。それでいて、まだ十八歳という年齢のせいか、腰は見事にくびれているし、足首はきゅっと締まっている。

男にいわせると、ぽてっとしたあの唇に色気を感じ、人をとりこにしそうな大きな目に吸い込まれそうになるし、尻といい胸といいその肉置《ししお》きのよさが男心を誘うのだそうだ。ま、それも助平な男のいい草ではあるのだが、面倒を見ることになった千早も天真爛漫《てんしんらんまん》というか、野放図というか、そんな夏の性格が嫌いではないし、可愛さを感じる。自分にないものを夏は持っている。

「とにかく起きて顔洗っておいでよ」

ちょっと身構えていた夏は、ふっと肩の力を抜き、

「だから千早さんが好きなんだ」

と、いう。そういわれると千早も悪い気はしない。だが、表情だけは厳しさを保ったまま、ひょいと立ち上がって居間に戻った。

「まったく……」

ひとりで茶を淹《い》れにかかった千早は、夏と知り合ったときのことを思い出した。

二

それは先月二十七日、新大橋の架け替えが終わった日だった。

「今日は渡り初《ぞ》めをしてきた」と、自慢顔でいう近所の者たちもいた。

夏に気づいたのはその日の夕暮れだった。

店のそばには石置場があり、そこに夏はぽつんと佇《たたず》んでいた。茜《あかね》色に染まった空を眺めたり、どこか虚《うつ》ろな顔で遠くを眺めたりと所在なげであった。

「千早さん、あの女なんだろうね」

と、隣の小間物屋、三吉《みよしや》屋の亭主吾吉《ごきち》が暇に飽《あ》かせていってきた。

千早も夏のことには気づいており、誰かを待っているのだろうと思っていたのだが、どうも様子が違う。

「昼過ぎからずっとあそこに立っているわよね」

「そうなんだよ。わたしゃ、誰かを待ってるんじゃないかと思ったんだが、何だか様子がおかしいじゃないか」

「……ほんとよね」

千早は暖簾をめくって、石置場に立つ夏を見やった。やはり、所在なさげな様子で立っているだけだ。

「まさか、新手の夜鷹《よたか》じゃないだろうな」

「夜鷹は夜の商売女じゃありませんか」

「それじゃ昼鷹かい……いッ、ひひひ……」

小間物屋の吾吉は欠けた前歯をのぞかせ、自分の冗談を自分で笑う。

「ちょいと何してるのか訊《たず》ねてみましょうか」

千早が真顔でいうと、吾吉はそうしてくれるかいという。

店を出た千早はそっと夏に近づいて、様子を見た。こっちには気づかず、どこか遠くを惚《ほう》けたように見ていたが、ふと足許に視線を落として顔を上げると、ようやく千早に気づいて、ふっくらした頰に、ふっと笑みを浮かべた。何とも人なつこい笑みだった。

「誰か待っているの？」

聞いてみると、

「そうね。待ってるんだね」

と、蓮っ葉な声を返してきた。

「いい人？」

「そうね……いい人だろうね」

夏は意味のわからないことを口にした。

「だろうねって、それじゃその人が来るんだ」

「来ればいいけど、来ないかもしれない」

「約束してるんじゃないの？」

夏は首を振った。

「そんなもんしてない。あたしが勝手にそう思ってるだけ」

「……それじゃなに、ずっとここに立っているだけなの？」

「いったじゃない。待ってるって」

「でも約束していないんでしょ」

「誰でもいいんだ。いい人なら」

それからくるっと澄んだ大きな瞳を光らせて、千早をまじまじと眺めるように見た。

「お姉さん、その人になってよ」

と、図々しいことをいうが嫌みはない。

「あたしは天涯孤独の身になっちまった。まあ、今にはじまったことじゃないけど、深川から逃げてきたんだ」

「逃げてきた……？」

「うん、新大橋を見に行ったら、もう逃げようと思って、橋を渡ってここまで来て、どこ行けばいいかわからなくなっちまったんだ」

「深川のどこから逃げてきたの？」

「女郎屋。あたし、女郎になるところだったんだ」

あきれるほどあっけらかんとした物いいだったが、千早は思わずまわりを見回した。夕暮れた町には人が行き交っていた。家路を急ぐ職人に棒手振《ぼてふり》に侍。誰も夏の声を聞いた者はいないようだった。店の前にいる吾吉が、爪先立ちでこっちを見ていた。

「何だかわけわからないけど、お腹《なか》が空いてるんじゃないの？」

「ぺこぺこ。姉さん、よかったら何か食べさせてくれない？」

聞いたのは自分だったので、千早はいいよと二つ返事をし、ついておいでと店に連れ帰った。

「どうしたんだい？　その子？」

吾吉が聞いてきた。

「身投げしようと思っていたんだよ。おじさん」

千早が答える前に、夏はそんなことをいって、悪戯《いたずら》っぽい笑みを浮かべ、白い歯をこぼした。

「そこの神田川にね。死のうかどうしようか、迷っていたのよ」

吾吉は絶句した。

「吾吉さん、ともかくわたしが事情《わけ》を聞くから、騒がないでくださいな」

千早は吾吉に釘を刺した。豆粒のような話を、大きな蜂の巣のようにして話す男だ。それに噂《うわさ》好きなので、ときに注意が必要だった。

ともかく家には何もないので、千早は近くの料理屋に夏を連れて行った。

小上がりに座って料理を注文すると、夏が酒を飲みたいという。

「お酒飲めるの？」

「うん、大好き」

「それじゃわたしも付き合うわよ」

二人で酌をしあって、女同士で飲みはじめた。

そのとき、互いの名を明かしたのだった。

夏は穏田《おんでん》村の源氏山《げんじやま》（現ＪＲ原宿駅あたり）で生まれ育ったといった。家は百姓だ。十四のときに上野にある搗《つ》き米屋に奉公に出たらしい。

「それじゃ、年季奉公を終えて深川に行ったってこと……」

千早はきんぴらをつまんでいう。

「ううん、搗き米屋にいたのは半年。働きが悪いって追い出されちまって、近所の紙問屋に行ったんだけど、そこも半年しか持たなかった。それで、紅白粉《べにおしろい》屋に行ったけど、そこは十月《とつき》で辞めさせられちまって……」

夏はどこの店でも働きが悪いと苦い顔をされ、奉公先を転々としたらしい。二十両で搗き米屋に奉公に出されたのだが、搗き米屋は二十二両で紙問屋に話をつけたらしい。

「……あとはいくらでまとめられたのか知らない。結局は浅草のお菓子屋で奉公することになったんだけど……」

「だけど、なに？」

「面白くないし、深川の女郎になればもっと楽して稼ぐことができると聞いて、それで店を飛び出してしまったんだ」

「それじゃなに、自分で女郎になろうと思って深川の岡場所に行ったっていうの？」

千早は目を丸くして、甘辛く煮付けられた芋を口に運んだ。夏はくっと、盃をほして、手酌する。もうひとりで二合は飲んでいた。

「店を訪ねると、あそこのおかみは大喜びしてくれてさ……」

さもおかしそうに、けらけらと夏は笑った。

「あんたみたいな若い子ならすぐに高値が付く、客も引きも切らずさと、すごい喜びようで、あたしもそうなんだろうと思って、いい気になったんだけど、いざ客と部屋で二人きりになると、何となく怖くなって……それに相手は見も知らぬ男だし、好きでも何でもないし、そんな男と床をいっしょにするのかと思うと、背中にゾッと鳥肌が立って……姉さんだって、そんなのいやでしょ」

「そりゃ、いやだけど……それでどうしたの？」

「そのまま逃げたの。一晩歩きまわって、着いたのがさっきの石置場だったってわけ」

「それじゃ、あんたを捜している岡場所の男がいるんじゃないの？」

「いないわよ」

夏はさらりという。

「だって、あたしは売られたんじゃないんだもの。だから借金なんかないんだよ。店は何も損しないでしょ」

「……ま、そうなんでしょうけどね」

千早は目を白黒させる。夏は貧しい百姓の娘で、幼くして奉公に出されたというのに、まったく暗さがない。それどころか開けっぴろげで屈託がない。

「親はどうしてるの？」

「……三年前に死んでしまった。上の兄ちゃんも流行病《はやりやまい》で一昨年死んでしまって……だからあたしは帰る家がないのよ」

「…………」

「それで、今度はどこへ行って働こうかな……どうやって、この先生きていこうかなって、あそこに立って、ずうっと考えていたの。そうしたら、えっと、千早さんでしたっけ？」

「そうよ」

「千早の姉さんに声をかけられて、今ここでおいしいお酒を飲ませてもらっているってわけよ。あたしって、結構運がいいのかな」

　夏は嬉しそうに目を細めて笑う。まったく憎めない女だ。

「……いくつ？」

「十八。千早さんは？」

「わたしは……二十七になったかな、あれ、八になるのかな……どうでもいいじゃない。二十歳《はたち》越えたら、女はみんな年増なんだから」

「でも、千早さんは美人だから、もっと若く見える」

　お世辞でも嬉しい。

「もっと、飲む？」

「喜んで」

　夏は声を弾ませた。

三

茶を飲みながらつい先日のことに思いを馳《は》せていた千早は、すっくと立ち上がると台所に行って、豆腐のみそ汁を温め直し、魚の干物を焼いた。目の前の佐久間河岸に魚は卸されるし、近所には魚の棒手振も多い。青物は八ツ小路に行って値切り倒すし、近所にはうまい豆腐屋もある。

千早が朝餉《あさげ》の支度をしている間、夏は井戸に行って洗面をし、帰ってくればダラダラと、それはもう本当にダラダラと着物を着替え、白粉や紅を塗ったりする。とくに台所の手伝いをしようという素振りはない。

千早にも夏が奉公先を追い出されたということがようやくわかった。おっとりした性格といえばいいかもしれないが、怠惰な性癖があるようなのだ。だが、好奇心旺盛で、興味を持ったものには目がないという一面もある。

読み書きも誰に教えられたわけでもなく、あちこちの奉公先で自然に覚えたという。門前の小僧だねといってやると、「それ、なに？」と、大きな目をぱちくりさせた。教えてやると、ふうんと感心顔をした。

「それで今日はどうするの？」

朝飾を食べながら千早は夏を見る。夏がすうっと、何の抵抗もなく打ち解けてきたので、千早も自然と砕けた口調になっている。それに妙な親近感があり、もう何年も同じ屋根の下で暮らしているような錯覚を覚えてもいた。

「……仕事を探します」

食べていたものを呑み込んでから夏は答えた。

「ほんとに……」

千早は疑い深い目で見る。

「だって、いつまでも千早さんに迷惑かけられないもの」

夏はいつの間にか「千早さん」と呼ぶようになっていた。

「……感心だね」

「だって、そうでしょう。それに一宿一飯の恩義もあるし……」

「一宿一飯どころじゃないでしょ」

「……そっか」

千早はみそ汁を飲みほして、箸を置いた。

「すると大変な恩義があるんだ。……あたし」

千早は黙って茶を淹れる。

「それじゃいっぱいお返しをしなきゃ」

「いいのよ。そんなこと……」

「でも、悪いじゃない」

「それで何をする気なの？」

茶を差し出してやった。

「……とくにこれといったものはないけど、親分の手伝いできないかな」

「親分……」

千早はそういって、近所の岡っ引きだと察した。昨日の夕暮れ、夏が楽しそうに伊《い》平次《へいじ》親分としゃべっていたのを思い出した。伊平次は女房に煙草屋をまかせて、八丁《はっちょう》堀《ぼり》の手伝いをしているが、元はやくざだった。

「親分の手伝いなんかしたってお金にはならないわよ。それに女なんか使っちゃくれないわよ」

「そんなことないわ」

夏は汁椀を置いて真剣な眼差《まなざ》しを向けてくる。

「伊平次親分は女でも使い道がある。その気になったらおれの手伝いを頼むかもしれないといってくれたんだもの」

「そういっただけよ。あてになんかするんじゃないわよ」

「……そうなの」

夏は落胆したようにつぶやく。

「ともかく目星をつけてらっしゃいな。ここはと思うところがあったら、わたしが話をつけにいってあげるから」

「わかりました。じゃあそうします」

「片づけお願いね」

食事をすませた千早は、店に行って帳場に腰をおろした。

店は、はっきりいって、暇である。義理にも忙しいとはいえない。それでも女ひとりだから、何とかやっていける。ただ、それだけのことである。

日がな本を読んだり、暖簾越しにぼんやり外を眺めていると、いつの間にか日が暮れてしまう。退屈だけれど、その退屈に慣れっこになっている。だが、夏が来たことで少しだけだが、生活に張りができたと思いもする。

「死に損ないの女がいるらしいな」

読みかけの本に目を落としていると、そんな声がした。顔を上げると、暖簾を片手でめくり、無精髭を撫でている男がいた。

小川金三郎《おがわきんざぶろう》——。

近所の裏店《うらだな》に住まう旗本の三男坊で、部屋住みから抜け出せず、ついに嫌気が差して屋敷を飛び出し、独り暮らしをしている男だった。

武家において家督相続できないものは、独立するまでは屋敷内で退屈を紛らわせて暮らすしかなかった。よって養子に出るか、自分で職を見つけなければならない。そのために、家中で穀潰《ごくつぶ》しといわれることになる。ただ、遅く生まれたというだけで、理不尽なことなのだが、それが一般的な武家の習わしでもあった。もっとも、部屋住みがまったく役職に就けないかといえば嘘になるが、そういった例は少ない。

よって小川金三郎も陰で穀潰しといわれる男だった。

「なによ、朝っぱらからいきなり」

「そう聞いたんだ」

どうせ隣の吾吉がいい触らしているに決まっている。

「誰に聞いたの？」

相手が侍でも、よほどでないかぎり千早は町人言葉を使う。

「同じ長屋の大工だ」

おそらく町中で吾吉はしゃべっているのだろう。

「顔を拝んでおこうと思ってな」

「拝んでどうするのよ。面倒見てくれるっていうの……」

「さあ、どうだろう」

金三郎はごしごしと顎の無精髭を撫でて、目隠しになっている三尺暖簾を眺める。

すると、具合よく夏が顔を出した。

「千早さん、洗い物終わったから、出かけて……」

夏は金三郎を見て、言葉を切った。金三郎は夏を遠慮なく見つめている。

「死に損ないってのはこの娘か。もっといってると思ったが……」

「なにさ、その死に損ないって？」

夏が口をとがらせた。

「そう聞いたんだ。許せ。顔は拝んだからもういい」

金三郎はするりと暖簾を下ろして、姿を消した。

「なに、あの侍。無礼だわ」

「そういう人なのよ」

「でも、いい男ね」

千早が顔を上げると、夏は暖簾の向こうを見ているようだった。

「お夏、出かけるんでしょ」

「あ、そうだった。それじゃ行ってくるわ」

夏は我に返った顔になると、ひょいと下駄を突っかけて出ていったが、そのときぽつりとつぶやきを残した。

「何か事件起きてるかな」

千早は帳場に座ったまま、表を見て目をしばたたいた。夏の下駄音が遠ざかっていた。

「あの、小娘……なに考えてんだろ……」

四

事件は起きていた。

起きていたが、夏はまだ何も知らない。居候している千早の店を出た夏は、石置場の手前を右に曲がると、つぎの角をまた右に曲がってまっすぐ歩く。職探しもあるが、当面は雨露をしのげる家がある。無論、千早に迷惑をかけようとは思っていないが、慌てて職を探してもすぐに見つかるとは端《はな》から思っていない。

夏はカランコロンと下駄音をさせながら、目だけをきょろきょろ動かして町の様子を眺める。商家の屋根が高く昇った日の光を浴びている。茶問屋に瀬戸物屋に畳屋、煎餅屋も菓子屋もある。表戸を閉めているのは夜商いの小料理屋や居酒屋だ。

すぐに四つ辻に出た。南北に走っているのは下谷《したや》御成《おなり》街道で、土地の者はそのあたり（神田仲町）を中通りと呼んでいた。まっすぐ行けば佐久間町に出る。

夏は中通りを戻る恰好で、右に折れた。神田花房町と神田仲町界隈《かいわい》を仕切っている、岡っ引きの伊平次の家がそっちにあるのだ。

「源氏屋」というのがその煙草屋で、店は伊平次の女房おのりがやっている。そのおのりが、店の前の縁台に腰掛け、煙管《キセル》を吹かしていた。

「おや」

と、おのりは口からだらしくなく煙を漏らして夏を見た。夏はにっこり微笑んで挨拶も抜きで、「親分は？」と聞いた。

「何かあの人に用事でもあるのかい？」

「別にないけど、女でも役に立つことがあるから手伝ってもらうときは声をかけるっていわれてるんです」

「あの人が、おまえさんに、そんなことをいったのかい……」

区切っていったおのりは、ぷっと噴き出して短く笑った。

「まったくあんたはウブなんだね。そんなの適当にいったのさ」

「適当って……それじゃ親分に嘘をつかれたんですか、あたし……」

「そういっただけじゃないのかねえ」

「気休めってこと？」

夏は真剣に聞く。

「ま、そうだね。嘘ではないだろうけど……でも、そんなこと信じてどうするんだい？　まさか本当にうちの亭主の手伝いをするっていうんじゃないだろうね」

「頼まれればしますす」

　夏は大真面目な顔で声を張った。おのりはあきれたように首を振ると、煙管の雁首《がんくび》を縁台に打ちつけて灰を落とした。

「で、親分はどこに行ったか知りませんか？」

「さあ、どこだろう。わたしゃ、いちいちあの人の行くところ聞きゃしないから……」

　と、おのりがいったとき、通りの先に伊平次の姿が見えた。前を歩く棒手振を押しのけて、がに股で急いでやってくる。四角い仁王面をさらにいかめしくさせていた。後ろには忠吉という下っ引きがついていた。

「ありゃりゃ、噂をすれば何とやらじゃないのさ」

　おのりが伊平次に気づいていった。

「おい、この辺で犬を見なかったか？」

　伊平次は店の前にやってくるなりそういった。紺縞の着物に同じ縞の羽織を着ていた。白足袋に雪駄《せった》履きだ。十手は持っていない。十手は仕えている同心から必要なときに預かるだけだ。普段は手札を持っているに過ぎない。だが、その風貌が醸し出す雰囲気から、ああ岡っ引きの親分なんだと、夏は思ってしまう。

「犬って何です？」

夏が聞いた。

伊平次は初めて、夏に気づいたように、大きな眉を上下させて、

「人の手首をくわえた犬だ。この辺で見かけたってやつが何人もいるんだ」

「て、手首を、人のですか？」

夏は目を丸くして聞く。事件だと思う。

「そうだ。汚れた白っぽい犬だったらしい。この目で見ちゃいねえから、本当に人の手首だかどうだかわからねえが、本当なら大変なことだ」

「それは大変なことです、親分」

夏がいうと、じろりと伊平次が見てきた。

「おまえさん、名は……」

「夏です」

「おお、そうだった。手伝ってくれねえか」

「待ってました」

喜んで応じた夏は、片足を後ろにぴょんと跳ね上げ、

「ね、嘘じゃないでしょ」

と、おのりに微笑んだ。

「それで、どこにその犬はいたんです？」

「うむ、最初は加賀原《かがっぱら》で見たやつがいたそうだ。それから広小路を歩いてるのを見たやつもいる」

「いつのことです？」

「朝早くだ。何でも明け六つ（午前六時）の鐘が鳴り響くころだったらしい」

「……それから、二刻はたっていますね」

夏は真顔になって、空を眺め、それから視線を下ろして、あたりを見まわした。野良犬の姿はない。ないが、犬の糞はその辺を歩けばいくらでも見つけられる。

なにしろ、「伊勢屋稲荷に犬の糞」という川柳があるぐらいだから、野良犬は江戸の町に数え切れないぐらいいる。

「ともかく犬を見つけたらすぐにおれに知らせるんだ。忠吉、行くぜ」

「あ、待って」

夏は慌てて伊平次を呼び止めた。

「見つけたらどこに知らせればいいんです？」

「この店でいい」

いった伊平次はさっと背を向けて行ってしまった。

「それじゃおかみさん、あたしは親分の手伝いでひとっ走りしてきます」

あきれたように口を半分開けっ放しのおのりを置いて、夏は犬捜しを開始した。もう頭のなかに職探しのことはなかった。

きょろきょろしながら通りを歩いていたが、伊平次の言葉を思い出した。最初にその犬が見られたのは加賀原だったという。だったら、またそこに戻っているかもしれない。

よし、加賀原だ。

夏は目を輝かせて駆け出した。

五

加賀原は火除け用の空き地であるが、以前はここに加賀藩邸があった。本郷に移ったあと空き地となったのだが、のちに講武所《こうぶしょ》が建てられることになる。ともかく今はただの原っぱといっていい。

夏は空き地の真ん中に立ってあたりを見まわした。椎の木と松の木、銀杏《いちょう》の木がある。昌平橋《しょうへいばし》と筋違橋はすぐ近くだ。千早の店まで二町もない。

地面には雑草が生え、石ころが転がっている。小さな藪《やぶ》が四方にあるので、夏はそっちに真剣な目を向けた。

人の手首をくわえた犬なんて見たこともない。でも、その手首の持ち主はどうしたのだろうかと思う。

「……ほんと、どうしたんだろう」

声に出してつぶやいた。

夏は空き地をゆっくり歩いてみた。ワンワンと、鳴き真似をする。

「ワンワン、ワンワン、出てこい、ワンワン」

まるで馬鹿だ。知らない人が見たらきっとそう思うだろう。でも、夏は真剣に犬の鳴き真似をして歩きまわった。

ワンワン、ワンワン……。

初夏の風が気持ちよい。日射しも心地よい。いい天気だ。椎の木の新緑がまぶしく、銀杏の木にも葉が茂りはじめている。

ああ、初鰹《はつがつお》が食べたかったなあ……。

夏はワンワン吠えながらてんで関係ないことを思う。深川の女郎屋のおかみが今夜は目出度いからみんなに鰹を食べさせてやるといった。その晩に飛び出したから、食べ損なっていた。どうせなら鰹を食ってから逃げればよかったと思うが、その前に脂ぎった嫌らしい顔をした男の相手をしなければならなかった。あいつに、押さえつけられ抱きしめられたのだ。身の毛がよだち、気色悪くてしょうがなかった。

あの客さえ来なければ、鰹が食べられたのにと未練だけが残る。

「ワンワン、ワンワン。おーい、出てこい。そこにいるなら出ておいで」

夏はかがみ込んで藪をのぞき、木の枝をかき分けたりした。加賀原の北側は町屋になっている。その路地も歩いてみた。こんなときにかぎって犬は見ない。猫なら何匹も見るというのに……。ひょっとしたら、人間の手首をくわえた野良犬を、他の犬も追いかけていっているのかもしれない。

別の場所を探そうと思い、加賀原をあとにしようとしたそのときだった。

「わっ！」

という驚く声が背後でした。

振り返ると、簾《すだれ》売りが天秤《てんびん》棒をひっくり返し、半切りのように巻いた簾を散らばらせ、腰を抜かしたのか尻餅をついていた。

夏は何だろうと首をひねった。が、つぎの瞬間、その目が鈴を張ったように大きくなった。犬だった。薄汚れた白っぽい痩せた犬だ。口に人間の手首をくわえていた。

「うわ、わわァ……」

夏は奇妙な声を発して、簾売りと同じように尻餅をついた。

犬はそんな夏には目もくれず、ひょいひょいとした足取りで前を通り過ぎていった。ほんとに手首をくわえていた。まばたきもせず見送った夏は、生つばを呑み込んで、ようやくあの犬を捕まえなければならないと腰を上げ、裾をひょいとからげた。

「待てー！」

六

「そりゃ気立てのいい子だし、器量だっていいし、申し分ないと思うんですけどね」

千早は糸を買いに来た仕立屋の手代に、夏を売り込んでいた。

「ふむ、それだったら旦那さんに一度話してみましょうか。うちももう少し人手が欲しいと旦那さんがいっておりましたから、いい話かもしれませんね」

新吉という手代はじっと、千早を見ながらいう。それは見惚《みと》れているような眼差しだ。千早はそんなことには気づかず、白魚のようにしなやかな指を使って五色糸を並べている。糸には細糸もあれば、太糸もある。

「名は何といいましたっけ？」

「お夏よ」

「いい名ですね。これからの時節にぴったりだ」

と、あくまでも新吉の目はうっとり、千早を見ている。千早の顔はあわい障子越しの明かりを受けていた。

「ほんとに新さん、一度旦那に話を通してくださいな」

千早が顔を上げると、新吉は何かを誤魔化すように視線をそらした。

「あら、何か気になることでも……」

まじまじと見ると、新吉の頰がうっすらと赤くなった。

「い、いえ、おかみさんはいつ見てもおきれいだから……」

「まぁ、そんなことを。駄目よ、新さんにはいい人がいるんだからね」

「へ、へえ、そりゃまあ、そうですが……」

新吉は照れたように頭をかきながら糸を手前に引き寄せた。

「今お茶を淹れますから、待っていて。すぐに帰らなきゃならないってことないんでしょ」

「少しぐらいなら平気です」

千早は茶請けの沢庵か菓子でも出そうと台所に引っ込んだ。夏のことを頼んだ手前、少しの持て成しはしておかなければならないという思いがあった。しかし、夏のことを持ち上げすぎたかもしれないと、ちょっぴり不安になる。

菓子はなかった。……目を宙に据えて考えるうちに、夏につまみ食いされてしまったことを思い出した。

「まったく、あの娘ったら」

小さくぼやいて、沢庵を小皿にのせて店に戻った。

茶を淹れて湯呑みを新吉に差し出す。

「ほんとに気立てのいい子だし、元気もいいのよ」

「はぁ、いただきます」

新吉は湯呑みを吹いて、口をつけた。

「でも、ちょっとお転婆なところもあるわね。それも若いからしょうがないでしょうけど」

千早は用心しながらいう。

「暗くてじめじめしているより元気で明るいほうがいいですよ」

「そうよね。明るくて元気が何よりよね。わたしもそう思うわ。でもね……」

「……なんでしょう？」

「少しお寝坊さんの気があるかも……夜はめっぽう強いんだけど、朝が弱いみたい」

千早は弱気になって、控えめな声で打ち明けるようにいった。

「そりゃあ遅くまで起きてれば、誰でも朝はつらいでしょ。早く休めばそんなことはないと思いますけど」

千早は目を彷徨《さまよ》わせた。たしかに新吉のいう通りだ。夏が朝寝坊するのは、どちらかというと宵っ張りのわたしに付き合っているせいだろう。

「そうだわね。早寝させれば、いいってことよね」

「そうですよ」

新吉は微笑を浮かべると、沢庵をつまんで口に入れた。そのとたんだった。暖簾が勢いよく、ばっと音を立ててめくられ、

「千早さん、大変なんです」

と、夏が顔をのぞかせた。息を切らしており、汗の浮かぶ顔には、どこでそうなったのか知らないが薪炭や泥がついていた。それに腕まくりをしており、着物を尻端折《しりぱしょ》りしている。お転婆娘をそのまま絵に描いたような姿だった。

勢いよく登場した夏に驚いたのか、新吉が喉を詰まらせ、胸をたたいてむせていた。

「ほら、新さんお茶を飲んで。それで、なに、何が大変なのよ？」

千早は新吉に湯呑みを持たせ、落胆した顔で夏を見る。

「犬が人の手首をくわえているんですよ」

ぷっと、新吉が茶を噴きこぼした。

「あ、ばばっちい」

夏は茶をかけられた剝《む》き出しの足を引っ込めた。千早は天をあおぎたくなった。夏が下品な言葉を使ったのもあるが、現れたそのなりがひどすぎる。これじゃ新吉に相談したことはぱあだと思い、がっかりする。

新吉は夏に茶を噴きかけたので、慌ててひざまずき、自分の手拭いで夏の足を拭こうとする。夏は夏で、新吉の親切に驚き、

「あ、何すんのよ、助平」

と、いうものだから、千早のもくろみは雲散霧消である。

「ちょ、ちょっとそれでいったい何があったっていうのよ？　新さん、かまわなくていいわよ」

新吉が式台に戻ると、夏がつづけた。

「だから、人の手首をくわえた野良犬がこの辺をウロウロしているんですよ。親分が捜してくれって拝み倒すもんだから、あたしがひと肌脱いでるところなんだけど、その犬を見つけたんですよ」

夏が早口でまくし立てた。

「人の手首を……」

新吉が目を丸くする。

「そんなもんくわえた犬がいるっていうの？」

千早も目を瞠《みは》った。

「だって、あたしがこの目で見たんだもん。ねえ、千早さん、そんな犬見なかった？」

「わたしはずっとここにいたからね……」

「それじゃ、ちょいと色男のあんたはどう？　見なかった？」

夏は遠慮のない問いかけをする。新吉は面食らって答える。

「わたしは、そんな犬は……」

「見てないか。じゃあ、他だな」

夏は斜め上をにらんで、「よおし」とつぶやくなり、

「ひとっ走りしてくる」

そういうなり、どこへともなく風のように去って行った。

千早と新吉はしばらく黙りこんでいた。千早は気まずさを感じる。

「今のは？……まさか？」

新吉が目をぱちくりさせて聞く。

「はい。……駄目よね。きっと。さっきの話はなかったことでいいわ」

新吉は何も答えず、糸を風呂敷に包むと式台を下りた。

「それじゃおかみさん、このお代は月末にお持ちしますので」

「はい、よろしくお願いいたします」

千早は両手をついて頭を下げるしかない。

新吉が店を出て行くと、千早は卒然と顔を上げて、唇を嚙んだ。それから宙の一点を見据えて、

「あの子ときたら」

ふむと、鼻息を吐き、前垂れを絞るようにつかんだ。こうなったからにはきつい灸を据えてやらなきゃならない。説教もいやってほどしてやる。

口を引き結んだ千早は、いきりたった顔で店を飛び出した。

七

店を出た千早は左右を見た。夏が中通りに曲がるのが見えた。一度店を振り返った。

暖簾を下ろすかどうか、ちょっとだけ考え、すぐ戻ってくるからいいかと、駆け出した。

　中通りに入ると、夏は源氏屋の前で伊平次と忠吉に何かまくし立てていた。

「千早さん、話は聞いたかい？」

　そばに行くと、伊平次が話しかけてきた。

　夏も下っ引きの忠吉も顔を向けてくる。

「話って？」

「手首をくわえた犬だよ。お夏が見つけたらしいんだが、また見失っちまったという。いっしょに捜してくれねえか。殺しか何かからんでるような気がするんだ」

「殺し……」

「ああ、人の手首だ。ただごとじゃねえだろう」

「それは、ま、そうでしょうね」

「ねえ、千早さんいっしょに捜してよ。なんてったって人の手首よ。知らんぷりできないじゃない」

　夏がせがむように千早の袖を引っ張っていう。

「そりゃ、そうだわね。誰の手首だか調べなきゃならないわよね」

「おい、おまえさんたちはあっちだ、おれたちはこっちを捜す。頼んだぜ」

伊平次はおい行くぞと、忠吉を連れて下谷御成街道に向かった。取り残された千早は、どうしようか迷っていたが、

「千早さん、とにかくその辺から。あたし、あの犬がこっちに来るの見たから……」

夏に手を取られて歩き出した。説教するきっかけをなくした千早は、いつの間にか目を皿にしてあちこちの路地に目を配りはじめ、その気になっていた。

「親分は殺しじゃないかっておっかないこといったけど、ほんとよね。まさか、自分で手首切る人はいないだろうし、切れたらいっぱい血が出るでしょ。そうしたら生きていられないわよね」

「でも、それは誰なのかしら？」

「手首探さなきゃ持ち主はわからないわよ」

「……持ち主……？」

夏がこっちの町屋は伊平次たちにまかせているから、自分たちはあっちへ行こうと、神田川の向こうを指さす。とりあえず、佐久間河岸を流し歩いて和泉橋《いずみはし》を渡った。柳

原土手を歩き、土手が切れたところで下の道に下りて、八ツ小路の雑踏を捜しまわった。

　ここには大きな辻番があり、そこでも犬のことを聞いたが、そんな犬は見なかったという返事であった。

「ねえお夏、誰が最初にその犬を見たの？」

　千早は昌平橋の手前で立ち止まって、夏を見た。

「誰が最初に見たか知らないけど、加賀原で見つけられたようなことを親分はいっていたわ。それに、いろんな人が見ているし……」

「いろんな人って？」

「加賀原の近くの人たち」

「そう、じゃあその人たちにまず話を聞こう」

「犬捜しが先じゃないの」

「いいから、ものには順序があるの」

「は……？」

　棒立ちになった夏を残して、千早はさっさと昌平橋を渡り、加賀原近くの町屋を聞いて回った。件《くだん》の犬を見た者は十数人いた。その聞き込みで、一番早く見つけたのは、どうやら湯島横町の仏具屋の主だった。二番目が豆腐屋の棒手振だった。

「ねえ、こんなこと聞いてもしょうがないでしょ。犬を捜すのが先でしょうに」

夏がぶつぶついいはじめた。千早はかまわずに加賀原に足を向ける。

「いい、犬は自分の縄張りを持っているはずよ。その縄張りから遠くに行くことはないわ。きっと棲処《すみか》があるはずだから、戻っているかもしれない」

「……千早さん、犬のことわかるの？」

「昔飼っていたから」

加賀原に着いた。ひと眺めしたが、犬の気配はない。聞き込みで犬は昌平坂のほうから来たということがわかっていた。

「あっちだわね」

千早はくるっときびすを返した。めざすのは昌平校前の坂だ。手前に昌平河岸がある。その河岸場を見ながら、坂を少し上ったとき、葦の茂る川の畔《ほとり》でガサゴソと音がした。千早は足を止めて、そこの藪のなかに目を凝らした。何か白いものが動いている。また、ガサゴソ音がした。そして、犬と目があった。

いた。

「お夏、あれじゃない？」

夏も目を凝らす。

「ほんとだ、それよ。その犬よ。千早さん、すごい。どうしてわかったの？」

「いいから手首を……」

「え、わたしが……でも、くわえてないわ」

「藪んなかに入って探すのよ」

「あたしが？」

「いいから行きなさい。犬を捜せって焚《た》きつけたのはあんたよ」

キッとした顔でいうと、夏はしぶしぶと藪をかき分けた。ちょっと行って振り返る。早くしろと、千早は目でいい聞かせた。夏は足許に落ちていた棒切れを拾って、そろりそろりと藪のなかに入った。

「ぎゃあー！」

夏の悲鳴に、千早は腰を抜かしそうになった。だが、夏は藪のなかで騒いでいる。

「あ、あった。あった！」

夏はそういって、シッシッと犬を追い払った。犬は大人しく坂道に出てきて、くぅんと甘えたような声で鳴いた。

「持ってこれる?」

声をかけると、夏は棒を二つに折り、箸のように持って器用に手首を坂道まで運んできた。本当に人の手首だった。ごくっと生つばを呑み込んで、千早はその手首を見た。

昨日今日切られた手首には見えなかった。少なくとも二、三日はたっているようだ。

「どうするの?」

聞かれた千早は黙って手拭いで手首を包み、神田仲町一丁目の自身番に持ち込んだ。

自身番詰めの町役連中は腰を抜かさんばかりに驚いたが、千早は、

「お夏、親分をすぐに呼んでおいで」

と指図をし、

「あんた、町方の旦那を呼んでくるんだ。ことは人の手首だからね」

と、自身番詰めの番人にもてきぱきと指図をした。

いつも詰めている白髪頭の町役と二人だけになると、千早はあれこれ推量をはじめ

た。

そうしているうちに、夏が伊平次と忠吉を連れて戻ってきた。

「手首を見つけたんだって！」

伊平次が飛び込んでくるなり声を張った。

千早は手首をくるんだ手拭いをそっと開いた。

みんなは息を呑んで、その手首を凝視した。

八

手首は刃物で切られていた。切り口はどす黒く変色しており、泥がついていた。犬の歯形は残っているが、齧《かじ》られた様子はない。

「右手だわね」

「誰の手だろう……」

伊平次が小さな声をこぼした。答えるのは千早だった。

「指や手のしわから若い男ではないわね。それに爪垢や指の太さやしみ込んだ汚れを見れば、職人のような気がするわ」

「……職人」

「侍じゃないわよ。刀を握るタコがないもの」

侍は剣術の稽古をするときに、手にタコを作り、その部分が硬くなっているのが一般的だ。千早はそのことを説明した。

「いわれりゃ、たしかにそうだ。こりゃ侍じゃない。職人だ」

伊平次が感心してうなずく。

「すると、どこの職人だろう？」

夏だった。

「そうだ。職人を捜さなきゃならねえ。まずは手首をなくした職人だ」

「待って、自分の手首を捨てて逃げる人間はいないと思うわ。それにこれだけの怪我をしているんだったら、お医者にかかってあたりまえじゃない」

千早が諫《いさ》めるようにいう。

「たしかにそうだ。それじゃ医者をあたるか」

伊平次は単純だ。

「それもひとつの手かもしれないけど、わたしはこの手首の持ち主はのうのうと暮らしていないような気がする」

「それじゃどこにいるっていうんだ?」

伊平次が四角い仁王面を近づけてくる。息の臭さに、千早はそっと身を引いた。

「……多分、死んでいる」

「死んでる?」

声をひっくり返したのは夏だった。

「もしくは、家には帰っていない」

「どうしてそう思う?」

伊平次は框《かまち》に腰をおろして腕を組んだ。

「今もいったけど、手首を自分で切る人はいないと思うの。すると誰かに切られたと考えるのが当然よね」

「だろうな……」

「それに切ってくれと、黙って手首を差し出す人もいないと思うの。すると手首の持ち主は誰かに無理矢理切られたはず。殺されかけていたかもしれない。手首を切られて、必死に逃げているとすれば、家でじっとしているか、どこかに隠れている。それに手当もしなければならない。そうだわよね」

みんなは、「うん、うん」とうなずく。

「もし、そうなら手首の持ち主は生きている。……だけれど、そうじゃないとすれば、手首の持ち主はどこかで斬られて死んでいる。そうすると、当然家には帰っていないってことにならない？」

「まったくその通りだ」

伊平次が膝をたたいて感心する。

「だから、ここ二、三日家に帰っていない職人を捜すのが先じゃないかしら」

「そうだ。よし、そうしよう」

伊平次は立ち上がった。

「親分、慌てないで。その職人がどこに住んでいるかわかっているの？」

「そりゃわかってなんかいねえさ。片っ端からあたっていきゃ、そのうち見つかるだろ」

「この界隈の人間じゃなかったら大変よ。無駄足にならない？」

いわれた伊平次は、忠吉と顔を見合わせた。

「いわれりゃ、そうだな。だが、どうすりゃいいんだ」

伊平次はまた座り直して、腕を組んだ。

そのとき、使いに走っていた番人が戻ってきた。

「町方の旦那は見つかりませんで……」

番人は息を切らしながらつづけた。

「ですが、いつもついている小者の旦那に会ったんで、言付けてきやした」

「えらいわ」

千早は番人を褒めてから伊平次に顔を戻した。

「手首の持ち主はどこにいるかしら？」

「そりゃ、その持ち主に聞かなきゃわからねえんじゃ……」

「あの犬が知ってるかもしれないわ」

遮っていったのは夏だった。

「そうよ。犬なら知ってるわよ」

千早も口を添える。

「馬鹿いってるんじゃねえよ。犬に聞けっていうのか。人間みたいにしゃべりゃまだしも、相手は犬だ。わかるもんかい」

「わからないわ」

千早は大真面目でいって、言葉を継いだ。

「あの犬は、昌平坂の途中の藪のなかにいたの。神田川の畔の」

「そこに手首の持ち主がいるっていうのか？」

「いるかもしれない。もう一度、あそこに戻って捜してみるのはどうかしら。誰かわからない職人を捜すより、そっちが先のような気がするんだけど」

伊平次は視線を彷徨わせ、ぐりぐりと目を動かし、眉を上下させた。

「……よし、千早さんのいう通り、行って調べてみるか」

みんなは自身番を出ると、ぞろぞろと昌平坂を上り、途中の藪の前で立ち止まった。

神田川は日の光を照り返し、葦やすすきの青葉が風にそよいでいた。

「手首があったのはこの辺よ」

千早がそのあたりを指さすと、伊平次と忠吉が藪をかき分けていった。千早と夏は、その様子を黙って見ていた。

「……あるかしら」

「なくても無駄にはならないと思うけど。……どうせ町方の旦那も同じことをするはずだから、手間が省けるでしょ」

「千早さん……」

夏がまぶしそうに見てくる。

「なに？」

「千早さんって、案外機転が利くのね」

「案外はよけいよ」

夏はひょいと肩をすくめて、藪に目を戻した。忠吉の騒ぐ声がしたのはすぐだった。ひゃあひゃあと、奇妙な悲鳴ともつかない声を上げ、

「お、お、親分……」

と、どもりながら一方を指さした。千早も夏ものぞき込むように首を伸ばしたが見えなかった。ガサゴソと伊平次が藪をかき分け、そこに行って立ち止まった。そのまま声をなくしたように、足許を見て顔をこわばらせた。

「どうしたの？　何かあったの？」

千早の呼びかけで、伊平次が顔を振り上げた。

「こっちに来てくれ」

顔もこわばっていたが、声もこわばっていた。千早と夏は薮のなかに入った。しばらく行くと、はっとなって千早は足を止めた。

「こ、これは……」

「知ってるの?」

夏が聞く。

膝から下を神田川に浸し、うつぶせで死んでいる男がいた。右の手首がない。左頬を地面につけて、口をぽかんと開けていた。目は焦点をなくし虚ろに開いている。

小蝿がそばを飛び交っていた。

「これは、大工の常五郎さんよ」

千早は声を震わせていた。

第二章　あばら屋

一

「そうだ、常五郎だ」

伊平次もつぶやいた。

「ど、どうします？」

忠吉が伊平次と千早の顔を交互に見る。夏は千早の腕にしがみつくようにして、死体を見下ろしていた。

「とにかく番屋（白身番）に運ぶんだ。それから高杉の旦那に知らせなきゃ……」

「常五郎さんのおかみさんにも知らせなきゃ」

千早のつぶやきに、伊平次がそうだと顔を上げた。

「千早さん、おれたちゃ仏を番屋に入れる。常五郎の家に行ってきてくれねえか」

「わかりました」

応じた千早は夏を連れて、常五郎の家に向かった。

昌平坂を下りながら大変なことになった、どうして常五郎は殺されたのだろうかと考えた。その頭の片隅で、いつの間にか事件に巻き込まれ、夏の説教を忘れていることを思い出したが、それはひとまず置いておくことにした。説教なんていつでもできる、今は人が死んだのだから、そっちの問題を先に片づけるべきだった。

「どうしたの？」

夏が大人しくなっているので見ると、

「あんな死体を見たの、初めてなの……」

と、夏は死人に衝撃を受けたのか、どこかぼんやりした顔をしていた。

死体で発見された常五郎の家は、千早の店からほどない牛込袋町代地の裏長屋だった。舟を漕いでいる木戸番を横目に路地に入ると、井戸のそばの縁台でのんびり煙草を呑んでいる男がいた。路地は暗いが、井戸のあたりには日が射しており、そこだけ芝居の舞台のように明るくなっていた。そのせいか、煙草を呑んでいる男が、浮き上がって見えた。

「あの人……」

と、夏が気づいた。千早も男を見て、

「金さん」

と、声をかけた。

小川金三郎が煙管の灰を落として立ち上がった。

「どうした？　雁首揃えて……」

「まッ、雁首だなんて縁起でもない。失礼な浪人ね」

夏は金三郎をにらんだが、金三郎は意に介さない素振りだ。

「大変なことがあったのよ。常五郎さんのおかみさんはいるかしら……」

千早はそういって、大工常五郎と書かれてある腰高障子を眺めた。

「お民さんだったら、今さっき買い物に出かけたよ」

「今、さっきだって、どっちなのよね」

夏は金三郎のことが気に入らないのだろうか、ふくれ面でいう。

それにはかまわず千早は、まわりを見た。長屋は静かだ。木戸口に近い家からぐずる赤子の声がするぐらいだった。

「常五郎さんが手首を切られて、そして昌平坂のそばで死んでいたの」

「なに？」

金三郎は眉間《みけん》にしわを寄せた。

「多分、殺されたのだと思うわ」

「何だと、いったいどういうことだ？」

「そんなのわたしに聞かれてもわからないわよ。ともかく伊平次親分が番屋に常五郎さんの死体を運んで、町方の旦那を待っているところよ。わたしはお民さんにそのことを知らせに来たんだけど……」

千早は木戸のほうに目を向けたが、表通りを棒手振が過ぎていっただけだった。

「くわしく話してくれぬか？」

「くわしくといわれても、まだよくわかっていないのよ」

「ふむ、そうか。それにしてもどうして常五郎が……」

金三郎は顎の無精髭を撫でた。

「お民さん、どこへ買い物に行ったのかしら？」

「青物を買いに行くとかいっていたから、大方八ツ小路だろう」

「それじゃ金さん、お民さんが戻ってきたら番屋に行くようにいってもらえる？」

「ああ、伝えておこう」

「夏、お民さんを捜そう」

千早は夏の手を引っ張って長屋を出た。

「あの浪人、何も仕事していないのかしら……」

夏が歩きながら疑問を口にする。

「あの人、あれでもれっきとした旗本の三男なのよ」

「それじゃどうしてあんな長屋に？」

千早は説明するのは面倒だと思った。

「簡単にいえば、家を飛び出したのよ。だから、まあ浪人といえば、そうかもしれないわね」

「何も仕事しないでぶらぶらしているのかしら。そうだったらずいぶん怠け者ね。いい年こいた男がだらしのない」

千早は黙っていた。金三郎はたしかに怠け者かもしれないが、夏は自分のことは棚に上げている。

神田仲町一丁目の自身番に行くと、高杉小弥太という同心が来ていた。自身番のなかでは伊平次がやや興奮気味の顔で、高杉にあれこれ説明をしていた。千早はその様子を窺《うかが》い見た。すると、高杉の顔が振り向けられた。

「あ、そこにいるのが千早さんです」

千早に気づいた伊平次がそういった。

「そばにいるのが夏という女だな」

高杉は千早から夏に視線を移した。それからちょいとこっちに来なと、二人に手招きした。

「死体を見つけたのはおまえさんたちらしいな」

「さようです。昌平坂の途中の藪にあったのを……」

千早が答える。

「野良犬が手首をくわえていたんだな」

「そうです。わたしがその犬を捜している最中に見つけたんです」

目をきらきら輝かせ、さも手柄を取ったように夏がいった。

「よし、くわしく話を聞かせてくれ」

高杉は瓢簞《ひょうたん》顔のなかにある小さな目を光らせた。

千早は野良犬を捜していた夏に、死体を見つけた経緯の説明を譲った。言葉が足りないと思うところだけに口を挟んで、補足してやった。

「常五郎が死んでいた場所には、他のやつがいたような形跡はなかったか？」

「形跡って？」

夏はきょとんとする。

「下手人がいたような跡だ。足跡とか、争ったようなそんな跡だ。行って見りゃわかることだが、どうだ？」

千早は夏と顔を見合わせた。気が動転しそうになっていたので、その辺のことには注意をしていなかった。

「……それは、よくわかりません」

千早が答えると、高杉はふっと鼻息を漏らした。

「よし、おまえさんらはいい。伊平次、仏が転がっていたところへ案内するんだ」

高杉がそういって立ち上がったときに、自身番の戸口にしがみつくようにしてお民が現れた。髪を振り乱した顔は蒼白であった。

「う、うちの亭主が死んでいたってほんとですか？」

二

「死体にはやはり刺された傷があったんだって」

夏がお茶を飲みながらいう。

「ちっとも気づかなかったわね」

「ほんと」

夏は煎餅をパリッと齧った。千早と夏は店の帳場に座っているのだった。

暖簾の向こうに夕暮れた通りが見える。

「親分に教えてもらったんだけど、常五郎さんは手首を切られ、そのあとで腹を刺されたんだろうって……」

「下手人のことはいってなかった？」

「それはこれからだって。喧嘩沙汰かそうじゃないか、調べるとかいっていたわ」

「物騒だわね。常五郎さんは酒癖があまりよくない人だったから」

千早は茶を淹れ替えた。

「旦那さんを殺されたお民さん、可哀想ね。どうやって生きていくのかしら……」

夏がどこか遠い目をしていう。

「そうね。これから大変よね。子供がいないのがさいわいだったかもしれないけど、ほんとつらいことよ」

「下手人が捕まらなきゃ浮かばれないわね。常五郎さんもお民さんも……」

千早は、はっとなって夏を見た。

「あんた、変なこと考えてないでしょうね」

「……変なことって？」

夏が怪訝《けげん》そうに首をかしげる。

「いや、何でもないわ。それより仕事はどうするの？」

「今日はあんなことがあったから、明日探しに行くわよ。いちいちいわれなくてもわかっているから……」

「から、なによ？」

「うるさくいわないで」

千早はむっとした。唇を結んで、きりりとまなじりを上げて、夏をにらんだ。

「そんな怖い顔しないで……」

「お黙りッ！　うるさいとは何よ。わたしはあんたのことが心配だから親切でいっているんだよ。それなのに、うるさいとは何だい！」

「何遍もいうからよ」

「いわなきゃ何もしないじゃない。朝寝坊はするわ、大事なこと忘れて毎日ふらふらしているだけじゃないさ」

「そんなことないわよ。あたしだって、ちゃんと考えてるんだから」

「だったら、ちゃんとしなさい」

「わかったわよ。もう……」

　夏はむくれ顔になって、くるっと背を向けた。

「お夏、わたしはあんたが嫌いだからいってるんじゃないのよ」

「どうせ邪魔なんでしょ。ここにいるのが」

「邪魔だなんてこれっぽちも思っちゃいないわよ。ちゃんと先のことを考えて生きてもらいたいだけよ。もう十八なんでしょ。いつ嫁に行ってもおかしくない年ごろじゃない。もう少しきちんとした生き方しないと、嫁入りなんかできないわよ」

「だったら千早さんはどうなのよ」

　夏が振り返った。

「わたしは……その気がなかっただけよ」

　本当はそうではない。死ぬほど好きな男がいたのだ。だが、それは今ここで話すべきことではなかった。

「じゃあ、先のこと考えて生きてるの？」

「考えてるわよ」

「どんなふうに？」

「わたしは……」

　いっていいものかどうか躊躇《ためら》った。

「何よ？」

「……店を大きくしたいの」

「この店を？」

「そ。江戸で一番大きな店にしたいのよ。白木屋にも越後屋にも負けない、そんな大きな店を作りたいの。そりゃ今はしがない糸針屋だけど、きっとそのうち大きくしてやるんだという気持ちがあるの。だって、そうでしょ。その日暮らしができるだけの商売じゃつまらないじゃない。せっかく開いた店なんだから、これでいいと思ったらそれまでだしね。気持ちだけでも大きく持っていたいじゃない」

「……そうだったんだ」

夏は少し感心顔になった。

「その辺の店といつまでも同じじゃつまらない。うだつの上がらない商人にはなりたくない。女だてらにといわれるかもしれないけど、女だからこそやってみたいのよ。白木屋ももとは小間物屋だったというし、越後屋も最初は金貸しと米屋だっていうからね。こんなちっぽけな糸針屋だって、性根《しょうね》を入れてやればできるかもしれないじゃない。そうは思わない？」

「思う」

夏は大きな瞳をきらきら輝かせている。

「でも、このことはかまえて内緒だよ。あんただけに教えたんだからね。下手にいうと、ただの大風呂敷だって馬鹿にされかねないしね」

「いわないわよ」

「約束よ」

「わかった」

「……そうはいっても、なかなか商売ってのは大変よ。はじめたのはいいけど、思うようにいかないわ」

ほんと、と声を足して、千早は茶に口をつけた。暖簾の隙間《すきま》越しに入り込んでくる西日が、障子にあたり、その光が千早の色白の頬を染めていた。

「どうして糸針屋にしたの？」

「この店を見つけたとき、近所にそんな店がなかったのよ。目の付け所は悪くなかったと思うんだけど……」

「あんまり儲かっていないの？」

「儲かっているっていってみたいわね」

千早はふっと、自嘲《じちよう》の笑みを浮かべた。

「でも、何とかしのいでるから、そのうちぱあっと大きくしてみせるわよ」

「千早さんならできるわよ。あたしは何となくそう思う」

「あら、そう」

「うん、ほんとよ」

千早は嬉しくなった。些細なことだけれど、励まされた。

「さ、もう店を閉めよう」

腰を上げて土間に下りた千早は表を見た。自宅に急ぐ職人や、仲間と連れだって遊びに行く侍の姿があった。表に出ると、早くも提灯《ちょうちん》に火を入れている煮売屋があった。

「お夏、お酒でも飲みに行こうか」

振り返っていうと、うんと、夏が嬉しそうにうなずいた。

三

神田広小路に面した旅籠《はたご》町二丁目に、多吾作という居酒屋がある。気軽に飲み食いができて、料理の品数が多いので、近所の人気店だ。ただし、味は保証の限りではない。

「何だか、常五郎さんの話で持ちきりじゃない」

猪口《ちょこ》を口から離して千早がいう。そうねと、夏は烏賊《いか》の塩辛をつまむ。

店は土間に縁台二席があるだけで、あとは十六畳の入れ込みとなっている。客は六分の入りで、女中が料理を下げたり、酒を運んだりして忙しい。

千早と夏のそばにいる客はさっきから常五郎の話をしている。誰も死んだとはいっていない。殺されたといっている。そう信じているのだ。

「ねえ、千早さん、ほんとのところはどうなのかしら……」

夏がきらきら目を輝かせて見てくる。

「それはわたしたちが考えることじゃないわ。あとは町方の旦那がきっちり調べてくれるわよ。それに、伊平次親分も気合を入れているようだし……」

「でも、殺されちゃったのかな……だったら何でだろう……？」

「お夏、もうやめなさい。それよりあんた、これからのことちゃんと考えているといったわね。どう考えているの？」

酒に誘ったのは、そのことをたしかめておきたかったからである。お夏は猪口を膝許に置き、しんみりした顔でうつむいた。ぽってりした赤い唇がてらてら光っている。

「奉公に行っても何だか駄目なような気がする」

「……どうして？」

千早は首をかしげた。

「だって、どこへ行ってもうまくやっていけないんだもん。仕事がきついとか、厳しいとか、そんなことは全然へっちゃらなんだけど、すぐに面白くないと思って……」

「面白くない……。それは仕事がってこと？」

夏はうんとうなずく。

「そりゃ面白い仕事なんてないわよ。みんな生きるために我慢してやってるんだよ」

「そうかもしれないけど……」

「面白くない仕事でも、そのうちやり甲斐を感じるようになればいいじゃない。仕事は何でも大変なんだから自分の思い通りにはいかないわよ」

「……千早さんは楽しいの？」

「わたし……」

千早は猪口を宙に浮かして、少し考えた。

「そりゃもっと儲かればいいけど、なかなか思い通りにはいかないからね」

「儲かれば楽しいの？」

「そりゃまあ、そうでしょうね」

「じゃあ、儲からないから今は我慢しているの？　江戸で一番の店を作るために？」

夏は真剣な眼差しを向けてくる。

「……我慢のしどころってことだろうね」

「……でも、千早さんは自分の店を持ってるからそんなことがいえるんだ」

そうかもしれないと千早も思う。夏のいうことには一理ある。

「あたしは、金儲けもしたいけど、その前に自分に合う仕事をしたい。それが見つからなきゃ、いい男を見つけて楽して暮らしたい」

「女なら誰でもそう思うわよ。だけど、苦労が足りないからそんなこといえるんだよ」

「……それは違う」

きっぱり否定した夏は、一息に猪口をあおった。それから筍《たけのこ》の煮物をつまむ。

「あたしはこう見えても結構苦労しているのよ。家はどん百姓だったから、小さいころから畑仕事や薪《たきぎ》拾い、何でもやった。どんなに寒くてもつぎはぎだらけの単衣で、裸足だったし、どうしてこんな貧乏な家に生まれたんだろうって思いつづけていた。まわりのみんなが幸せに思えて仕方なかった。でも、あたしはじめじめしているのが嫌いだから、いつも笑っていたんだ。明るく振る舞ってれば、苦しいことやつらいことも忘れられたから……でもね、ほんとは泣いてばかりいたんだよ。みんなの知らないところで……」

夏は感情の糸が切れたのか、目の縁を赤くしたかと思うと、大粒の涙をこぼした。

「あたしはね。千早さん」

ぐすっと、夏は鼻水をすすった。

「なに……」

真剣に耳を傾けていた千早も胸を熱くして、もらい泣きしそうになった。

「世の中おかしいと思う。貧乏人の子は貧乏のままだ。百姓は百姓のまま。うちの親なんか、何の楽しいことも知らないで死んでしまった。幸せって何だろうって思った。おとっつぁんもおっかさんも幸せなんか、きっと味わったことないと思う。だからあたしはそうなりたくない。幸せな女になりたい。みんなそう思うわよね」

「……そうね」

「だから、本当に自分に合うことを探しているのよ。それを見つけたらきっと幸せになれると思う。苦しいこともつらいこともきっと感じなくなると思う。だから、あたしは尻の落ちつかない女なのかもしれない」

千早は思った。夏は自分のことをよくわかっているんだと。

「……でもね、何が自分に合うかそれはわからないじゃない。それよりも夏がやりたいことは何だろう？　まずはそれを考えるべきじゃないかしら」

「……そうね」

「自分の決めた目的に向かって生きなきゃつまらないとわたしも思ってるのよ。だからあんたも、まずは目的を作ることだね。ただ幸せになりたいと思うのではなくて、自分が本当にしたいことを考えるんだね。……いい人を捜すのもひとつかもしれないけど……」

「なんだい、いい人ってえのは……」

ふいにそんな声がした。

千早と夏が振り向くと、口辺に笑みを浮かべた小川金二郎が、隣に腰をおろした。

「女二人で、酒なんざ粋なもんだ。付き合わせてもらってもいいかい」

「せっかくいい話をしていたのに……」

夏がいう。

「それじゃおれにも聞かせてくれぬか」

「やなこった」

口をとがらせていった夏は酒を飲んだ。金三郎は気にも留めない素振りで、酒を注文した。それから千早に顔を向けて、

「常五郎のことだが、ありゃ殺しだな」

と、無精髭をさすりながらいった。

「どうしてそうだと……」

千早も端から殺しだと思ってはいるが、聞かずにはおれない。

「死体を見てぴんときたのさ」

四

「見ただけで……？」

「ふむ、死体を見りゃすぐにわかる。町方も殺しだと思っているに違いねえ。それも下手人は、かなりの使い手だ」

まわりにはガヤガヤとした喧噪があるだけで、誰も三人の話を聞く者はいない。

「常五郎は博奕《ばくち》好きだったから、何かその辺にあるかもしれぬ」

「何かその辺にって、賭場《とば》に出入りしていた客が下手人ってこと?」

千早は興味津々の顔になっていた。

「客か賭場を仕切るやつか、それはわからぬ。町方もまずはそっちをあたるだろう」

酒が届けられたので、金三郎は手酌をした。

「それに殺されたのは二、三日前だ」

「それも死体を見てのこと?」

「そうだな。町方も同じ考えだ」

「殺されたんだとしたら、常五郎さんにはそれなりの事情があったってことよね」

「辻斬りじゃなきゃ、あって当然だ」

「それって何かしら?」

夏が這うように首を伸ばして聞いた。

「さあ、何だろう?　常五郎に女がいた節はないしな。大方金じゃねえかと思うが……それは調べてみなきゃわからぬだろう」

「ひょっとして、金さんが調べるってこと?」

やはり夏だ。金二郎は微苦笑を浮かべて首を振った。

「おれはそんな暇な身じゃない」

「仕事も何もしてないって聞いたわ」

「誰がそんなことをいった？」

夏が目を向けてきたので、千早は目に力を入れて、金三郎にわからないように小さく首を振った。

「……みんなそういってるもの」

「ふん。いいたいやつにはいわせておくさ。それで、千早さん、通夜はどうするんだ？　明日やるらしいが……」

「もちろん、顔を出しますよ」

「ひょっとすると、通夜客のなかに下手人が紛《まぎ》れてるかもしれねえな」

金三郎はうまそうに酒を飲んだ。

「それじゃ、常五郎さんと関わりのあった人が下手人だと考えているのね」

「そう考えるのが普通ではないか」

「……そうかもしれないわね」

それからは愚にもつかない世間話になったので、千早は切り上げることにした。

「さ、お夏、わたしたちはそろそろ帰ろうか」

「おい、もう行くのかい」

金三郎が慌てたように猪口を口から離した。

「そうよ、千早さん。せっかく金さんが来たんだから」

夏が名残惜しそうにいう。

「あんたはこれ以上飲むと、また明日寝坊でしょう」

「ちゃんと起きるわよ」

「駄目駄目。そんな言葉信じられない。さ、行くわよ」

千早は夏にはかまわず手を打ち鳴らして、店の者に勘定を頼んだ。

月明かりの晩で、表は提灯もいらないほどだった。

「金さんは、千早さんに気があるわね」

多吾作を出てからすぐ、夏がそんなことをいった。

「そんなことないわよ」

否定する千早だが、金三郎のことは薄々感づいてはいた。だからといって千早は心を許しているわけではない。

「そんなことあるわよ。あたしにはわかるもの」

「じゃあ、いっちゃうけど、あんたは金さんにちょいと気があるでしょう」

「ないわよ」

と、強くいった夏の横顔が煮売屋の提灯の明かりに染められたが、ただそれだけではなかったように見えた。

「そうかなー。……わたしの目は節穴じゃないんだけどな」

「なに、それって。まるであたしが金さんに惚れているみたいじゃない」

「惚れてみたらいいじゃない。そんなに悪い男じゃないと思うわ」

「ひやかさないでよ。あんなむさ苦しい男、あたしの好みじゃないわ」

「どうだか……」

千早は肩をすくめた。

翌朝、夏はめずらしく寝坊しなかった。それに朝餉の支度までしてくれた。

納豆に根深汁、鰺《あじ》の開き。

「やればできるじゃないの」

「あたりまえです。こんなの」

「早起きもできたし、えらいわ」

「ぶつくさいわないで、早く食べて」

「いつまでつづくかねえ」

「千早さん」

夏が頰をふくらましてにらんできた。

「いただきます」

千早は軽くいなして箸をつけた。

「今日は仕事探しに行くんだね」

「そのつもり」

「……つもり？」

千早は箸を止めた。夏が視線に気づいて顔を上げる。

「いわれなくてもわかってるわよ。ちゃんと探しに行きます」

「自分の目的が見つかるまで、腰掛けでもいいから仕事はすることよ」

「……わかってる」

「うるさいと思わないでよ」

「……思ってる」

ぶすっとした顔でいった夏は、指についた飯粒をなめた。

千早は小さなため息をついた。そのとき、ガラリと戸口の開く音がした。

「朝っぱらからごめんよ」

声で伊平次だとわかる。

「何でしょう？」

千早は口をぬぐいながら店先に出た。土間に朝日が入り込んでいた。

「常五郎のことだが、やつが喧嘩していたとか、やつと仲の悪かったやつを知らねえかい？　何でもいいんだがよ。そんなことを見たり聞いたりしたことがあれば、教えてもらいてえんだ」

「さあ……そんなことは……」

「ないか」

「道で会えば挨拶をして軽口ぐらいはたたいたけど、そんな話は聞いたことないですわね」

「そうかい。なら仕方ねえが、気になることを聞いたらまっ先に教えてくれ」

「承知しました。親分も朝から大変ね」

「これが仕事だからしょうがねえさ」

伊平次はそういって出ていった。

「常五郎さんって、どんな人だったのかしら？」

居間に戻ると、夏が何やら思い詰めた顔でそんなことをつぶやいた。

「そうね、下手人を見つけるには常五郎さんのことを知らなきゃね」

千早も真顔で応じた。

五

朝五つ（午前八時）を過ぎて夏が店を出ていった。

いつものように帳場に座った千早は、読みかけの本に目を落としたが、字を追うだけで何も頭には入ってこなかった。本を膝に置いて、表に目を向けた。

膝の本は上田秋成の「雨月物語」だったが、〝白峯〟の章からさっぱり前に進んでいなかった。風にそよぐ暖簾の向こうを町の者が行き交っている。侍の姿もあれば、僧侶の姿もあった。

常五郎はなぜ、殺されなければならなかったのか？

誰が何のために殺したんだろう？　単なる恨みか？　それとも喧嘩だったのか？

そんなことを考える頭の隅で、夏はちゃんと職探しをしているだろうかと、そんなこともぼんやり思う。夏には内緒で口入屋に話をしてあるが、まだ返事はもらっていなかった。

店はいつものように暇である。江戸一番の大店《おおだな》を作りたいと、夏に大言壮語を吐いたが、これではいっこうに埒《らち》が明かないのではないかと、弱気になったりもする。

もちろん、夏にいったことは口から出任せではない。大真面目に考えているのだが、現実がついていかないだけなのだ。だが、それより今は殺された常五郎のことで頭がいっぱいだった。

常五郎の通夜は夕方からだと聞いているが、その前に常五郎の女房お民に会ってみようかと思った。さぞや気落ちしているだろうから、励ましのひとつもかけてやるべきだ。

千早は地味な着物に着替えると、店に貼り紙をした。「本日休業」――。

夫に先立たれたお民のことを心配して茂兵衛店《もへえだな》を訪ねたが、意に反し、お民は気丈に通夜の支度に追われていた。長屋の女房連中の手伝いもあるが、親戚も駆けつけてあれこれと気を使っていた。

狭い家には文机が置かれ、その上に灯明、しきみ、団子、線香が供えてある。その向こうに仏の入った丸い棺桶。棺桶は逆さ屏風で囲われている。

千早はお民に悔やみを述べ、焼香をさせてもらった。

何か手伝うことはないかと聞いたが、

「みんなにやってもらっているし、人手は足りております。気持ちだけありがたく頂戴します」

と、お民はしっかりした顔でいった。

実際、長屋の者が通夜用の料理を作り、酒の支度などをしていた。窮屈な長屋暮らしなので、こんなときはみんなで助け合う。

「お民さん、ここは焼香だけにしてもらって、うちとお定さんの家で客をもてなすようにしたから、それでいいね」

隣に住むお熊が鼻の頭に汗を浮かべていう。

「助かります」

お民は恐縮の体だ。

何もすることのない千早は、お民のそばに座って茶を飲むだけだ。

「町方の旦那からはもういろいろ聞かれたんですね」

頃合いを見計らって遠慮気味に声をかけた。

「ずいぶん細々したことを聞かれました」

と、いったお民は、顔に疲れをにじませた。

「あの人と仲のよかった人や職人仲間や賭場のことやら……。聞かれてみると、わたしの知らないこともいろいろあるんだと気づかされました」

「例えば、どんなこと……？」

「一番わからないのは、あの人がどこの賭場に出入りしていて、どんな人間と付き合っていたかってことです。それに仕事先のことも、あの人が話してくれたことは聞いているけど、他のことはわかりませんからね」

「常五郎さんとはいろんな話をしたんじゃないの」

千早はお民をのぞくように見た。

「……口数の少ない人だったから、考えてみればあんまり話をしていなかったんだと、今になって気づくんです。同じ屋根の下で暮らす夫婦なら、互いのことを一番わかり合っているはずなのに、意外やそうでもないんだと……。そりゃよそさまは違うかもしれないけど、うちは何となくわかったような気になって暮らしてたんじゃないかと、そう思うんですよ」

「聞いたんだけど、常五郎さんがああなったのは、二、三日前らしいけど、帰ってこないことをおかしいと思わなかったの？」

「へそを曲げてるんだと思っていたんです」

「どうして？」

「喧嘩してたから」

「喧嘩……」

「酒を飲みすぎるから小言をいったら、それが気に食わなかったらしくて、それでこんな家には帰ってこないと怒鳴られたんです。そのまま飛び出していって……」

「いつのこと？」

お民は遠い目をして五日前の晩だといってつづけた。

「……わたしも腹が立っていたから気にしなかったんだけど、さすがに二晩も帰ってこないとなると、どこに行ったんだろうと心配してはいたんですが、何いつものようにひょっこり帰ってくるだろうと思ったりもして、そうしたら……」

声を詰まらせたお民は、手拭いで口を塞いだ。

「こんなことになるとわかっていりゃ、あんとき止めればよかった。あの人の行きそうな家を訪ねていけばよかったと思っても、もうどうしようもないし……」

お民は嗚咽《おえつ》まじりにいって、千早の茶を差し替えてくれる。

「どこに泊まっていたのかしら？」

「家を飛び出した晩は、留吉さんの家に、その翌晩は清助さんの家に泊まっていたのがわかっています。二人とも大工仲間ですから、わたしもそのあたりじゃないかと思っていたんですけど……」

「それじゃ一昨日は？」

「わかりません。その日は仕事にも出ていなかったらしくて……」

千早は視線を宙に泳がして考えた。

「それじゃ清助さんの家に泊まった明くる日には、仕事に出なかったというわけね」

「そうです」

「清助さんはどういってるの？」

「その日は親方に休みをもらったから、家に帰るといっていたそうです。清助さんも、わたしと仲直りしたほうがいいので、そうしろといってくれたそうで……」

「それじゃ清助さんの家を出てからは、どこへ行ったかわからないってこと？」

お民はうなずいた。

「……常五郎さんと仲の悪かったような人を、お民さんは知らない？」

「何だか町方みたいなこと聞くのね」

お民は顔を上げて、涙目で千早を見た。

「ごめんなさい。気を悪くしたなら謝ります」

「いいのよ。みんな知りたいことだと思うし、わたしが話したことで早く下手人が捕まればいいと思っているから……。はっきりいうけど、あの人は大工頭と上手くいっていなかったはずです。酒を飲んでこぼすのは大工頭のことばかりだったから……」

「その人の名は？」

「久蔵といいます。親方は庄兵衛さんといいますが……」

親方というのは大工の棟梁《とうりょう》で、大工頭は平大工のなかで一番年季の入っている者だ。

「久蔵さんとはウマが合わなかっただけかもしれないけど、気に食わないとよくこぼしていましたね」

「他に気になるようなことはないかしら?」

千早は目尻の涙をぬぐうお民を見つめる。

「あとは、あまりわからないんです。あの人は無口だったし、あまり人の悪口をいう人でもなかったから……」

「博奕が好きだったと聞いたけど」

「酒と博奕ですよ。女はなかったはずだけど……」

「出入りの賭場はわからないんですね」

「清助さんか留吉さんに聞けばわかるはずです。町方の旦那にも同じことを教えましたけどね。あら……」

お民は戸口に現れた女に目を見開いて、尻を浮かした。親戚の者だと千早は紹介されたが、それを潮にお民の長屋を出た。

六

「店はどうしたんだい？」

そんな声をかけられたのは、お民の長屋を出てすぐだった。

振り返ると、金三郎が懐手をして立っていた。口辺に笑みを浮かべ、近づいてきた。

「店の前を通ったら休みだという貼り紙があったんでな」

「お民さんの手伝いをしようと思ったんだけど、手は足りているようだったから」

「長屋の連中が世話しているからな」

金三郎はそういって、じっと千早を見た。

「その辺で話でもしないか。どうせ店は閉めてるんだろ」

「面白い話でもあるの？」

金三郎はそれには答えず、近くにある煮売酒屋に入った。立てかけられた看板には、「酒さかな四文や　いろいろ」と書かれている。要するに屋台店に毛の生えたような店だ。

表に縁台が出してあり、千早と金三郎はそこに座った。店の女将が来ると、金三郎は酒を注文し、肴に鯣《するめ》のつけ焼きを頼んだ。

縁台のそばに一本の松があり、その下の地面で雀たちがさえずっていた。

「さっきお夏を見かけたぜ」

酒に口をつけてから金三郎が口を開いた。

「へえ、どこで？」

「明神下だ。伊平次のあとを金魚の糞のようについていた」

「親分のあとを……」

「ああ、下手人を捜すんだと息巻いていた。鉄砲玉みてえな女だ」

ふふと、面白そうに金三郎は笑ったが、千早はまなじりを吊り上げ、

「まったくあの娘ったら……」

と、遠くの空に浮かぶ雲をにらんだ。帰ったらまた説教しなきゃならないと思う。

「それで長屋はどうだった？」

「通夜の支度は大方すんでいるみたい」

「そうか。それにしても、常五郎がこんなことになるとは……一寸先は闇とはよくいったものだ。お民さんとは何か話したかい？」

今日の金三郎はやけに饒舌《じょうぜつ》である。

「常五郎さんのことを少し……」

「何だといってた？」

　金三郎は盃に口をつけたまま上目遣いに見てきた。千早はお民とやり取りしたことをざっと話してやった。

「すると、常五郎の大工仲間が当面あやしいってことか……ふむ、そうかい」

　金三郎はひとり納得したように、顎の無精髭を引っこ抜いて言葉を足した。

「だが、大工仲間じゃあの殺しは無理だ。下手人はかなりの腕だと見たほうがいい」

　真顔でいう金三郎を、千早はうっとりと見つめた。無精髭を生やし、浪人のなりをしているが、よく見ればなかなか整った顔立ちをしている中年だ。年は三十八だから、千早とは十ほど離れていることになる。視線に気づいた金三郎が顔を向けてきた。

「……どうした？」

「金さんも下手人捜しをしようと思ってるの？」

「そういうわけじゃねえが、気になるだろう。同じ長屋なんだ」

「ま、そうでしょうけど……」

　千早は鰯を齧った。

　目の前を腹掛け半纏《はんてん》姿の蕎麦屋の出前持ちが通り過ぎていった。

「だけど、あれだ。町方がいずれとっ捕まえてくれるだろう。素人が下手に手出しをしないほうがいい。お夏にそういっておくんだな。ところで、千早さんはあの娘を引き取るのかい」

「まさか、奉公先が見つかるまで居候させているだけよ」

「そうか……。千早さんも人がいい。さてさて、そろそろ長屋に戻ってみるか。引き留めちまって悪かったな」

「どうせ暇だったからいいのよ」

「暇つぶしに通夜客でも眺めておくか。……下手人が来ないともかぎらないからな」

金三郎も少なからず下手人のことが気になっているようだ。

千早は勘定をすました金三郎とその場で別れた。

店に戻っていると、先の道に夏の姿が見えた。千早は灸を据えてやろうと顔をしかめたが、夏は嬉しそうにぱたぱたと草履の音をさせて駆け寄ってきた。興奮しているらしく顔を紅潮させ、汗の浮かぶ額に髪の毛を張りつかせている。

「千早さん、常五郎さん殺しの下手人はもう捕まるわよ」

「なに、下手人が見つかったの！」

「親分は手柄を立てるんだと、もう腕まくりよ」

「それで誰なの？」

千早は夏への説教を忘れ、目を輝かせている。

「それはこれから。あたし、番屋に行って御番所（町奉行所）に使いを出さなきゃならないの。ひとっ走りしてくるわ」

夏は千早の脇を風のように駆け抜けていった。

置き去りにされた恰好の千早は、自分の身を持てあましたが、じっとしていることができず夏のあとを追った。

自身番に辿《たど》り着くと、夏といっしょに若い番人が飛び出してきた。

「いい、早く伝えるのよ」

「わかってるよ」

夏に応じた番人が一目散に駆けていった。北町奉行所の同心、高杉小弥太を呼びに行くのだ。

「お夏、それでその下手人はいったい誰なの？」

「千早さんも来る？　あたしは親分のところにすぐ戻らなきゃならないの」

夏はそういいながら、もう小走りになっている。

「お夏待ってよ」

「来るなら早く来て」

「あんた、仕事探しはどうしたのよ」

千早は横に並んで咎《とが》める。

「それは明日にするわ」

「あんたねえ……」

「だって、人が殺されたのよ。そして、その下手人がもうすぐわかるところなのよ。どっちが大事か天秤にかけるまでもないでしょう」

千早を遮った夏は早口でいう。

「そりゃ、まあ、そうでしょうけど……」

「千早さんも手伝って。ひとりでも人が多いほうがいいと思うの。女だって男に負けていないってとこ見せてやろうよ」

「あんたって子は……」

調子を狂わせられた千早は二の句が継げなくなった。

七

そこは櫟《くぬぎ》と椎の木と銀杏の木立に囲まれた小さな家だった。藁葺《わらぶ》き屋根は崩れ、板戸は外れ、壁は剝がれていた。崩れかかった屋根には草が生え、二羽の鴉《からす》がカアカアとうるさく鳴きつづけている。

学問所にある馬場のそばで、湯島四丁目に近いところだった。夏に連れてこられた千早は、材木置場の陰に身をひそめて目の前のあばら屋を眺めた。田舎の一軒家ではなく、右のほうには町屋があり、左側は武家屋敷だ。

だが、周囲の木立が目隠しになっているので、目の前のあばら屋はひっそり沈み込んで見える。筋状の木漏れ日が庭に射し込んでいた。新緑の若葉を茂らせた樹木の向こうには、青い空が広がっていた。

「どこにいるのよ？」

千早は周囲を見まわしてからいう。

「あの家よ」

「親分は？」

「そうなのよ。ここにいるはずなのに……」

夏が不安そうに大きな目をしばたたく。

「それで本当に下手人なの？　間違いないのね？」

「親分がそういうんだもん。間違いないでしょ」

「相手は何人？」

「二人」

「それじゃもう捕まえたんじゃないの……」

「ううん、岡っ引きは下手に下手人を捕まえられないんだって。それに親分は十手もなにも持っていなかった。だから、高杉の旦那を呼んで十手と捕縄《とりなわ》を預からなきゃならないらしいの」

千早はもう一度あたりを見まわした。

伊平次の姿もなければ、下っ引きの忠吉も見えない。風が吹き抜けて、数枚の木の葉がひらひらと家の前の庭に落ちていった。そのとき、あっと、千早は息を呑んだ。

家の土間から一匹の犬が出てきたのだ。それは常五郎の手首をくわえていた例の野良犬だった。

「見て、あの犬ここをねぐらにしているのよ」

千早は目で犬を追っていた。

「それじゃ常五郎さんを殺した下手人といっしょにいるってこと？」

犬は庭の隅で小便をすると、そのまま地面をくんくん嗅いで、藪のなかに入ってどこかに姿を消してしまった。

「……行ってしまったわ。ともかく、親分はどこに行ったのよ」

「ほんと、どこ行ったのかしら……？」

屋根に止まっていた鴉が、羽音を立てて飛び去っていった。千早はあばら屋の戸口に目を注いだ。戸は半分開いているが、暗い土間しか見えない。縁側の戸板も外れかかっていて、座敷がかすかにのぞけるが、人の動く気配はなかった。

「犬は知ってるのね」

「何を？」

夏が顔を向けてくる。

「下手人に決まってるでしょ。あの犬はきっと下手人を知っているんだわ」

「あの犬が……」

夏は犬を探すように視線をめぐらした。

「ともかく親分はどこに行ったのかしら、まさか下手人に……」

千早はいやな胸騒ぎを覚えた。

伊平次は高杉小弥太を待ちきれずに下手人を捕縛しようとして、逆に斬られたのではないだろうか。強面《こわもて》の顔をしているが、そそっかしくて気の短い男だ。すると下っ引きの忠吉はどうなったのだ。忠吉もいっしょに……。まさか……。

「千早さん、どうしよう」

夏が怯《おび》えたような目で、袖にしがみついてきた。千早も心細くなっていたが、気丈さを装った。

「町方の旦那を呼んだんだからじっと待つしかないわ。下手人が出てきたら……」

「どうするの？」

逃げるとはいえなかった。

「行き先を突き止めるのよ」

夏はゴクッと生つばを呑み込んで、そうねと同意する。それから、面白くなってきたわねと、怖がっているくせに強がりをいう。

しばらくして、背後に人の気配があった。はっとなって振り向くと、小腰になって伊平次と忠吉がやってきた。

「何だ、千早さんも来たのか」

そういう伊平次は緊張の面持ちだ。

「どこに行ってたんです？」

「裏はどうなっているか様子を探っていたんだ」

「それでほんとに常五郎さんを殺した下手人なんですね」

「おれの調べに間違いはねえさ。常五郎は女房と喧嘩して家を飛び出した足で、大工仲間の家に泊まっていた。最初の晩は留吉って若い大工の家だ。つぎの日は清助という大工の家だった。だが、清助の家を出たあとの行方がわからなかった。その日は仕事を休んでいたからな。当然、家にも戻っていなかった」

千早がお民から聞いたことと同じだった。

「それじゃどこへ？」

「駒蔵という博奕仲間がいるんだが、そいつがいうには常五郎は、貸していた金を取りに行ったらしいのだ。何でも賭場で負けの込んでいた客に金を都合していたらしい。

その取り立てだ」

「じゃあ、金を貸していた相手がここにいるってこと？」

「……そうだ。丸山弥左衛門という浪人だ」

千早は伊平次から眼前のあばら屋に視線を移した。

「お夏から二人いるって聞いたけど」

「もうひとりは磯田道之助という。これも浪人だ」

千早は伊平次に感心した。さすが伊達《だて》に町方の御用聞きはやっていないのだと。

「常五郎が貸したのは一両二朱だ」

「……下手人は金を返すのがいやで殺したということかしら」

「大方そういうこったろう。下手人は常五郎をここで殺して、昌平坂の例の藪に投げ捨てたんだ」

「……そんな面倒なことをするかしら」

千早は疑問に思う。

「死体をいつまでもそばに置いておく殺し屋はいねえさ。下手人はあの藪まで運んで捨てたんだ」

「人目があるわ」

「夜中にやったんだろう」

「ひとりで……」

「もうひとり仲間がいる。二人がかりなら、死体のひとつぐらいなんてことねえ」

伊平次はそういうが、千早はどうも納得がゆかない。でも、黙っていた。

「親分、どうするのよ。高杉の旦那を待ってる間に逃げられたら大変よ。いっそのこと捕まえちゃえばいいじゃない。こっちは四人よ」

痺《しび》れを切らしたように夏がいう。

「馬鹿こけってんだ。向こうは段平《だんびら》持ってんだ。こっちは何もねえ。四人といっても女二人じゃどうしようもねえ。返り討ちにあうのが落ちだ。それとも死にてえか」

夏はぶるぶると顔を横に振った。

おい、という抑えられた声がした。みんなが振り返ると、高杉小弥太と小者がやってくるところだった。

「お待ちしておりました」

腰を低くして伊平次が迎え、先のあばら屋に下手人がいることを簡単に説明した。

「常五郎殺しの下手人に間違いねえっていうんだな」

伊平次の話を聞いた高杉は厳しい眼光を、あばら屋に注ぐと、早速襷《たすき》がけをした。

そのとき、千早は家のなかに動くものを見た。暗い土間から人影が出てくるのだ。

全員息を詰めて、その人影を凝視した。

「伊平次、十手だ」

声をひそめた高杉は、伊平次に十手と捕縄を渡した。

ひとりの浪人が戸口前にすっかり姿を現した。頭を左右に倒して、首の骨を鳴らすと、両手を大きく広げて大欠伸をした。

「やつか……」

口をねじ曲げてつぶやいた高杉が、そろりと刀を抜いた。

第三章　三人の侍

一

「又吉、元次郎。ぬかるんじゃねえぜ」

刀を抜いた高杉は、従えている二人の小者に声をかけ、

「伊平次、裏はどうなっている？」

「へえ、裏から逃げるのは容易じゃありません」

「あの男の他にもうひとりいるんだったな」

「ひとりはまだ家のなかです」

　高杉と伊平次のやり取りに、千早は心の臓をドキドキいわせていた。戸口の前に立つ男は欠伸をしたあと、のんびり庭を歩いた。寝起きらしく、目脂《めやに》を引っかき落とし、脇の下をボリボリかいたりしている。

「引っ捕らえる」

高杉はそういうが早いか、材木の陰から飛び出すなり、

「北町奉行所だ。神妙にいたせッ」

右手の刀身を下げたまま、庭の男に接近した。相手は突然のことに、棒を呑んだような顔で竦《すく》んだ。小者二人と伊平次が飛び出し、下っ引きの忠吉もつづいた。

「こいつはいい。伊平次、家のなかだ」

いわれた伊平次が家のなかに飛び込んだ。

「千早さん、どうするの？」

夏がおろおろした顔を向けてきた。

「ここは見てるしかないわ。動いちゃ駄目よ」

そういいながら千早は夏の手を取った。二人ともかすかに震えていた。捕り物を目《ま》の当たりにするのは初めてなのだ。

だが、庭に立つ男はあっさり観念して、高杉の前にひざまずいた。家のなかでは怒鳴り声がしていたが、それもすぐにやんで、伊平次が男を連れてきた。

二人の浪人は高杉の前に並んで座らされた。

「名は何という？」

高杉は瓢箪顔のなかにある目を厳しくして聞く。二人の浪人は小者と伊平次らに取り囲まれているので、逃げる術はない。

「丸山弥左衛門」

恨めしそうに上目遣いにいうのは、痩せた男だった。戸口に出てきた男だ。

「磯田道之助と申す。いったいこれは何の騒ぎでございましょうか」

憤慨した口ぶりでいう男は、顴骨《かんこつ》が張りがっちりした体つきをしていた。着流しがだらしなくよれているのは、つい今まで寝ていたからだろう。

「おぬしら大工の常五郎を知っているな」

丸山と磯田は互いの顔を見合わせた。

「知っておりますが、それがいかがされました？」

聞くのは磯田のほうだ。だが、高杉の視線は丸山に向けられていた。

「丸山、その方は常五郎に一両二朱の借金があったな」

「……たしかに」

「常五郎がその金を取りに来たな」

「……いえ、来ておりません」

「なに？　ここで嘘を申せば、あとあと面倒なことになる。正直にいうんだ」

「嘘も何も、まだ金は返しておりませんで……」

丸山はきょとんとした顔つきだ。

「ここ十日ばかり常五郎とは顔を合わせておりませんよ。嘘じゃありません」

磯田が言葉を添え足した。

高杉は細い目をさらに細くして、怪訝そうに首をかしげた。

木立の上で鴉が鳴いた。

「常五郎が数日前に、おまえに貸した金を取りに来たことはわかっているんだ。いい逃れようとしても無駄だ」

高杉は丸山を射竦めるように見ながらいう。

「それはおかしな話ですな。身共らは十日ほど江戸を離れており、帰ってきたのは今朝のことです」

「江戸を、離れていた？　どこに行っておった？」

「行徳《ぎょうとく》です。嘘だと思うんでしたら、行徳河岸にある満八という船宿の船頭に聞けばわかります。船頭の名は六兵衛と申します。行きも帰りも六兵衛の舟でしたので、やつが本当か嘘かいってくれるはずです」

高杉は伊平次を見た。

「伊平次、常五郎が丸山の借金の取り立てに行くというのは誰から聞いた？」

「大工の清助です。常五郎は一晩清助の家に厄介になり、それで丸山弥左衛門という浪人に貸している金を取りに行くんだといったといいます。それで、あっしは常五郎の出入りする賭場を仕切る胴元に会いまして、この家を突き止めた次第です」

高杉は腕を組んで考えた。

博奕は御法度である。その気になれば高杉は、その賭場を取り締まることもできる。だが、よほどの問題が起きるか、あるいは上からの命令がないかぎり、賭場の手入れは行われない。

「千早さん、どう思う？」

庭に出た千早のそばに来た夏が遠慮気味の声で聞く。

「……わからないわ」

やがて、考え込んでいた高杉が視線を丸山と磯田に向け直した。

「ひとまずおまえらは番屋で待ってもらうことにする。嘘をいってなけりゃ、黙って従うことだ。よいな」

丸山と磯田は、しぶしぶだがうなずいた。

「伊平次、おまえは行徳河岸に行き、満八という船宿の船頭……」

高杉は途中で言葉を呑むと、少し考えて言葉を継いだ。

「いや、そっちはおれが行くことにしよう。ともかくこの二人を番屋に連れてゆく」

二

行徳河岸は小網町三丁目《こあみちょう》にある港で、そこに出入りする舟は、江戸と東葛飾郡《ひがしかつしか》行徳を結んでいた。もともと塩を運ぶための舟だったが、いつしか十五人から二十人乗りの貨客船になり、江戸と行徳を日に六十隻が行き交っていた。この舟を「行徳船」と呼んだ。

千早と夏は、神田仲町一丁目の自身番に入れられた丸山と磯田がどうなるか、その成り行きを窺っていたが、結果は二人とも殺しには関与していないことが証明された。

丸山の証言通り、二人は船頭六兵衛の舟で十日ほど行徳に行っていたという裏が取れたのだ。

「何だ、これで一件落着だと思ったのに……」

ふじ屋の前に出した縁台に座っている夏は、足をぶらぶらさせながらいった。

「ほんとに。わたしもあのあばら屋に行ったときは、てっきりそうなると思ったんだけどね。うまくいかないものだわね」

千早も日暮れた町をぼんやり眺めていた。目の先にある筋違橋御門が西日に染まっていた。神田川の畔にある柳は緩やかな風にそよいでいた。

「さあ、もうこのことは町方の旦那たちにまかせて、自分たちのことをしよう。お夏は仕事を探さなきゃならないし、わたしには商売があるんだからね」

「…………」

夏はどこか遠くを一心ににらむように見ている。

「お夏、もう終わりよ」

もう一度声をかけると、夏はゆっくり千早に顔を向けた。

「いい、明日はちゃんと仕事を探しに行くのよ」

「……わかってるわよ」

「ほんとよ」

夏はそうするといったが、声には力がなかった。千早はもう一言何かいおうと思ったが、またしつこいといわれるのがいやで、出かかった言葉を喉元で呑み込んだ。

その夜、千早は夏に留守番をまかせて、常五郎の通夜に出かけた。

普段は暗い長屋の路地もその夜だけは、各家の戸口に掛けられた提灯の明かりで昼間のようになっていた。お民の家で焼香をすませた弔問客は、同じ長屋のお熊とお定の家で酒肴をもてなされた。

千早はお熊の家に入って、他の客と少しだけ話をしたら帰るつもりでいた。弔問に来た客は常五郎の親戚関係と大工仲間がほとんどだ。

みんな生前の常五郎のことを話していた。頑固だった、変わり者だった、いい大工だった、一本気で口下手だったから損をした。それぞれ口にすることは別だが、みんな死者を悼《いた》んでいた。そんな話と同時に、いったい誰があんなひどいことをしたのだと憤る声も少なくなかった。

「あれが、常五郎が嫌っていた大工頭の久蔵だ」

いつの間にかそばに金三郎が座っていた。

「あとから入ってきたのが、親方の庄兵衛だ」

金三郎に教えられて、千早は二人の男を見た。親方の庄兵衛は小柄な男で、框に腰掛け酒を飲みはじめた。

常五郎とウマが合わなかったらしい久蔵は、何ともふてぶてしい顔つきの太った男だった。庄兵衛のそばに腰をおろして、長屋の女房から酌をしてもらっていた。

「今日は下手人が挙がりそうになったらしいが、とんだ見当違いだったようだな」

「どこでその話を……」

千早は金三郎の横顔を見た。相変わらずの無精髭だ。

「もう誰でも知ってることだ。二人の浪人が押し込まれたのは、すぐそばの番屋だ」

「世間は狭いわね」

「噂好きなやつが多いだけだ」

金三郎は舐《な》めるように酒を飲みながら、久蔵を見ていた。

「金さん、通夜客に下手人が紛れているかもしれないと、そんなことといったわね」

「大いにあり得ることだ。悪いことをしたら、そのあとがどうなるか知りたいと、人間は誰しも思う。千早さんだってそうではないか」

すっと金三郎の瞳が向けられた。千早はドキッとした。この人の目はこんなに澄んでいたのかしらと、今さらながら気づいたのだ。それに旗本の家に生まれたという気品がある。本人はそれを隠そうと思って、わざと無精をしているのかもしれない。

「……わたしは、別に悪いことなんかしていないからわからないわ」

「だが、人間てえのは大方そんなもんだ」

「……もしや大工頭の久蔵さんを疑ってるの？」

金三郎の視線を見て、千早はそう思った。

「どうだろう。……だが、疑ってみるのは悪くねえ」

金三郎は炙《あぶ》った鯣をくわえた。

「下手人捜しでもする気なの？」

「……単に興味があるだけだ」

金三郎は鯣を嚙みながらいう。

要するに暇に飽かせているだけということなのか……。

しばらくすると、通夜客がひとり二人と帰っていくようになった。それに新しい弔問客もいなくなったようだ。隣の家では酒に酔った男たちが、てんで、常五郎とは関係のないことを話していた。そばにいる女房連中も、世間話にうつつを抜かしはじめている。

「金さん、わたしもそろそろ失礼するわ」

「送っていこうか」

尻を浮かした千早は、「おや」と思った。そんなことをいわれたのは初めてだ。

「送ってもらうほどの……じゃあ、そうしてくださいな。たまには殿方の供があるのも悪くないわね」

断ろうとしたが、千早は思い直した。

金三郎はふっと、口の端をゆるめて腰を上げた。ちょうど、親方の庄兵衛と大工頭の久蔵が帰るところだった。長屋を出ると、その二人を尾《つ》ける恰好になった。二人とも提灯を下げていた。その明かりによって作られる影が、歩く速さに合わせて揺れる。

「……お夏はどうしている？」

しばらく行ったところで金三郎が口を開いた。

「今夜はおとなしく留守番よ」

「あの女はしっかり見てねえと危なっかしいな」

「……どういうこと？」

「男好きのする女だ。千早さんは声をかけにくい女だが、お夏はそうじゃない。女たらしに引っかかって泣きを見やすい女だ」

「わたしは声をかけにくい女なの？」

夏より自分のことが気になった。

「千早さんには気安く話しかけられない品がある。男から見れば、手をつけにくい女だ。お夏はちょいと甘い言葉をかけて誘えば、簡単になびきそうだ。おっと、だからといっておれがそうしたいわけじゃないよ」

「まるでわたしがもてないみたい」

「もてるもてないってわけではないさ。そりゃ、気位が高そうで美人の千早さんを一度は抱きたいと思うのが男だ」

金三郎は遠慮なくずばりという。

「……金さんはどうなのよ」

「おれは……まあ、どうかな……でも、その辺の男と同じだろう」

「それじゃ……」

金三郎を見ると、視線をそらされた。そのことで千早は少し嬉しくなった。

「あの二人、まっすぐ家に戻るようだな」

金三郎が前を歩いていた庄兵衛と久蔵を見送るように立ち止まった。二人は筋違橋を渡っていった。

「金さん、わたしもここでいいわ」

自分の店はもう目と鼻の先だった。

「お夏によろしくいってくれ。それじゃ……」

金三郎はもう何も未練はないといわんばかりに、くるっと背を向けた。そのまま振り返ろうともしない。千早は金三郎が最後まで夏のことを口にしたことに、かすかな嫉妬を覚えた。ゆえに、金三郎の広い背中に、少し険のある目を向けたが、

「……どうしちゃったんだろ、わたし」

と、自分の頬を両手で包んだ。

そのとき、先の角からひとりの男が出てきた。常五郎の大工仲間の清助だった。そうだとわかったのは、お民と清助が挨拶を交わしたのを見ていたからだった。清助は

微酔《ほろよ》いらしく、鼻歌を唄いながら火除広道を神田佐久間町のほうに歩いていった。

千早はそのまま家に入ろうとしたが、手を戸にかけて、待てよと思った。常五郎は殺される前の晩に清助の家に泊まっていた。すると、何か下手人につながることを聞いているかもしれない。

さっと振り返ると、一軒の店に入っていく清助の姿が見えた。

三

清助が入ったのは、「おかめ」という小料理屋だった。店の名から女主を想像するが、店は為蔵という偏屈な親爺が仕切っている。客に料理を運ぶのは、おつたという為蔵の一人娘だった。

「清助さんですね」

入れ込みに座り、口に酒を運ぼうとしていた清助が、びっくりしたように顔を上げた。

「あんたは……？」

「ちょいといいかしら」

返事を聞く前に、千早は清助の前に座った。清助は真っ黒に日に焼けた三十半ばの男だ。禿げ上がり脂ぎった額が、てらてらと燭台《しょくだい》の明かりを照り返していた。

「この先で糸針屋をやっている千早と申します」

「糸針屋……」

「ふじ屋という店よ。さっき常五郎さんの通夜に行って、ちょいとあんたを見かけたんで、気になっていたのよ」

「へへ、おれのことが……」

何を勘違いしたのか、清助は尻を動かして座り直した。鼻の下が伸びている。

「常五郎さんがああなる前の晩か、その前の晩に清助さんは常五郎さんを家に泊めたんだったわね」

「そうだよ。かみさんと喧嘩して家を飛び出したんで帰るところがないというんだ。それで一晩ぐらいなら泊めてやるといってそうしてやったんだが、まさかあんなことになるとはなァ。おりゃァ、ひょっとしてかみさんに刺し殺されたんじゃねえかと思ったよ」

酒が入っているせいか、清助の口は滑らかだ。

「泊まったつぎの朝は、仕事に出ないといったのね」

「そうさ。昨日親方に休みをもらったといってた」

「それで借金の取り立てに行ったのね」

「おや。何でそんなこと知ってんだい？」

清助は酒をあおって聞く。

「もう、誰でも知っていることよ。それで、お金を貸している相手の名も口にした……」

「ああ、賭場で会う丸山弥左衛門という浪人だ。おれも賭場でときどき会ってたから知ってる侍だ」

「他の人のことは聞いていない？」

「他の人って？」

清助は煮干しをつまんで身を乗り出した。

「例えば、憎らしいやつがいるとか、誰かに狙われているとか……」

「そんなことは話さなかったな」

「それじゃ悶着を起こしてるようなことはなかったかしら」

「悶着……」

清助は目の玉を左右に動かして考えた。

「さあ、そんなことはなかったんじゃねえかな。あればおれの耳に入っているはずだから……」

「常五郎さんを恨んでいるような人はどうかしら？」

「何だか姉さんは町方みたいなことを聞くね」

「知り合いだったんですもの。気になるじゃない」

「まあ、そりゃそうだろうけど……」

清助はそういってもう一度、考える顔つきになった。千早は酒に口をつけながら、清助のつぎの言葉を待った。

「やつを恨んでいるようなやつは……よくわからねえけど、久蔵さんとは仲がよくなかった。仕事ではしょっちゅういい合いをしていたからな。だけど、そりゃ仕事のうえでのことだ」

「久蔵さんというのは大工頭ね」

「そうだ。姉さん何でも知ってるね、あきれちゃうね。へへへっ……」

清助は舐めるような視線を向けてくる。

「何か下手人につながるようなことを思い出せない？」

「そんなに急にいわれたって、すぐに思い出せるもんじゃねえよ。だが、待てよ……」

今度は、清助は店の梁《はり》のあたりを見て考えた。それから何かを思い出したような顔を千早に戻した。

「おれの家に泊まった晩だ。そういや、妙なことを口にしたな」

「妙なこと……」

「ああ、何だか思い詰めた顔で、長生きできねえかもしれないっていったんだ。何でそんなことというんだと聞いたら、やつは黙り込んで、ずいぶんたってからだったが、病気持ちだからと、ぽつんといった。そうだ、そんなことをいったよ」

「……病気持ちだからと……どういう意味かしら」

「さあ、それ以上深く聞かなかったからな」

清助はもうあとは面倒くさいとばかりに酒をあおった。

千早は他に気になることはなかったかと聞いたが、清助はだんだん呂律《ろれつ》があやしくなり、他には何もなかったといった。

家に戻ったときには、すでに夏は寝間に引き取っていた。

千早は茶を飲んで人心地つくと、台所仕事を簡単にすましてから、軽く酒を引っかけた。

ぼんやりと、清助から聞いた話と必死に悲しみを堪《こら》えるお民の顔を思いだした。人の死はいやなものだが、それが知り合いだと何ともやるせない思いで胸が塞がる。

「ねえ、お夏。起きてる？」

寝間に入り横になってもなかなか寝つけないので、声をかけてみた。背中を向けていた夏が、寝返りを打って、「なあに」と甘えたような可愛い声で聞き返してきた。

「どうして常五郎さんは殺されちゃったのかしら……」

千早は薄闇のなかに声を漏らした。枕許にはあわい有明行灯《ありあけあんどん》が点してある。魚油の煙が天井に昇っていくのがかすかに見える。夏は返事をしなかった。

「殺されるには、それだけのことを常五郎さんがやっていたからよね」

「……きっとそうだと思うけど……」

「下手人は弾みで殺しちゃったのかしら。そのつもりはなかったけど、斬ってしまったとか……そんなこともあるかもしれないわね」

「…………」

「それとも最初から殺すつもりだったのかしら……」

千早が顔を横に向けると、夏は黙り込んだまま天井を見つめていた。それから視線に気づいて、千早に目を合わせてきた。

「常五郎さんには、人に見せない裏の顔があったというのはどうかしら」

「裏の顔……どうしてそんなことを？」

「博奕が好きだったんでしょ。賭場には悪い人間もいっぱい出入りするんじゃない。そんな人間と付き合っていたら、きっと裏の顔があってもおかしくない気がする」

千早は天井に向き直った。

「裏の顔か……」

そうつぶやいてから、清助のいった言葉を思い出した。常五郎は長生きできないかもしれないといっていた。そして、病気持ちだからとも……。

いったいどんな意味なんだろう。

四

常五郎の葬儀が終わって二日がたった。

若葉は色を濃くし、陽気は日増しによくなっている。千早は常五郎殺しの下手人のことを仕事の合間に思い出したりしていたが、所詮自分の出る幕ではないのだと思うようになった。夏もときどき、伊平次の様子を見に行っていたようだが、

「若い娘が物騒なことに、いちいち首突っ込むんじゃねぇ！」

と、いつにない剣幕で怒鳴られたらしく、

「もう二度とあの親分なんかには会いたくない」

と、昨日の夕方、ぷりぷりした顔で帰ってきた。

夏の職探しであるが、相変わらず決まっていなかった。気に入ったところはあったのだが、人は足りていたり、もう十八じゃ年を食い過ぎていると断られていた。

また、声をかけていた口入屋からも話はあったが、こちらは料理屋の女中か仲居ばかりで、千早のほうで断っていた。夏には水商売はさせたくないという思いがあるからだった。

「焦ることないわよ。自分に合う仕事なんか、そうそう見つかるもんじゃないから」

千早は夏にそんなこともいった。

「でも、いつまでも千早さんに迷惑はかけられないし……」

夏にはめずらしく、気弱な顔でしおらしくいわれると、

「わたしは迷惑なんかしちゃいないから、いい口が見つかるまで遠慮はいらないよ」

千早はやさしくいってやるのだった。

その日は、朝から雲行きがあやしく、昼過ぎになって雨が降りだした。帳場に座る千早は暖簾越しに、雨を避けて駆け出す町の人たちをぼんやり眺めていた。そのうち、店の軒先で雨宿りをする人が何人かあった。ときどき、店のなかをめずらしそうにのぞき込んだりする。千早と目が合うとばつが悪そうに会釈をした。

それからしばらくして、小間物屋の吾吉が血相変えて飛び込んできた。草履を忘れたのか、裸足《はだし》である。肩を大きく動かし、生つばを呑み込み、はあはあと息継ぎをする。

「いったいどうしたんです？」

「大変なんだ。お夏ちゃんが、その先でゴロツキにからまれているんだ。あのままじ

や攫《さら》われちまうよ」

「え、どういうこと？」

「とにかくおれは伊平次親分を呼びに行ってくるから、ちょっと何とかしてくれないか」

そういうなり、吾吉は飛び出していった。

「何とかしてくれといわれても……」

もっとわけを聞こうと思い呼び止めようとしたが、間に合わなかった。千早は吾吉のあとを追うように店を出て左右を見た。

先日、清助の話を聞いた「おかめ」の近くに人だかりが出来ていた。雨が降っていたが、千早は傘も持たずに下駄履きのまま走った。野次馬がいるので、騒ぎはよくわからない。人垣をかき分けながら爪先立ちになって、輪のなかをのぞくと、五人の男たちが夏を取り囲むように立っていた。

夏はそのなかのひとりに襟首をつかまれ、どんと突き飛ばされて、ぬかるんだ地面に転がった。夏の裾が割れ、白い足が泥で汚れた。だが、気丈に男たちをねめ上げ、

「ちきしょう。殺すんなら殺せ」

と吐き捨てて、悔しそうに唇を噛む。胸元がはだけ、豊かな乳房が見えそうになっている。着崩れたなりをした男たちは、見るからに与太者だとわかる。口の端や片頬にいたぶるような笑みを浮かべていた。

「威勢のいい女だ。だが、舐められちゃただじゃおけねえんだ。さあ、こんなところで話をしてると、風邪を引いちまう。おい、そいつを連れて行くんだ」

男たちのなかでもひときわ背の高い男が仲間に指図をした。二人の男が夏に近づき、手を出したが、その手を払われた。

「触るんじゃないよ！」

キッとした顔で夏はいい放ったが、つぎの瞬間にはひとりの男に肩をむんずとつかまれ、片腕をねじ上げられた。夏の顔が悲痛にゆがむ。

「やめないかい！」

野次馬をかき分けて、千早が輪のなかに入った。腕まくりをして、男たちをひと渡りにらみ据えると、

「か弱い女をよってたかって大の男がみっともないじゃないか。何があったのか知らないが、その子を放すんだ」

「おいおい、また威勢のいいのが出てきたと思ったら、今度も女だ」

背の高い男だ。千早はそれにはかまわず、夏をつかんでいる男に近づいた。夏は泣きそうになっていた。

「放してくれないか。女をいじめてどうしようってんだい。放せといったら、放さないかッ」

千早はいきなり夏をつかんでいる男の頬に平手を張った。バチンと鈍い音がして、男が目を丸くした。その顔がにわかに紅潮し、目がぎらついた。

「てめえ……」

男は夏を突き飛ばすと、千早につかみかかってきた。だが、千早が肩をひょいと引いたがために、男はたたらを踏んで無様にも地面に這いつくばった。

「野郎、舐めやがって……」

男が歯軋《はぎし》りをしたとき、

「文吉、やめな」

と、例の背の高い男が間に入り、そのまま千早を見下ろしてくる。千早もにらみ返す。雨が頬をたたき、ほつれた髪が眉にかかった。

「……いい度胸だ。だがよ、その若い女には謝ってもらわなきゃ気がすまねえんだ」

「何があったってんだい？」

千早は伝法な口を利く。

「ぶつかっておきながら謝ろうともしねえからさ。てっきり掏摸《すり》じゃねえかと捕まえたら、なにすんだいときやがった。礼儀を知らねえから教えてやろうとしたら……」

「謝ろうとする前に、因縁つけてきたのはどっちだい！」

夏が遮って金切り声を上げた。

背の高い男が、夏に視線を移した。

「因縁……おいおい、言葉が過ぎるぜ。おれたちゃおまえに礼儀を教えてやろうとしただけじゃねえか」

「人を押し倒して礼儀もくそもあるかい。だいたい道いっぱい広がって歩くからぶつかるんだよ。それにこの雨で傘差していたから、前がよく見えなかったんだ。だけど、ぶつかってすぐに謝ったじゃないの」

「聞こえなかったな」

「待って」

千早が間に入った。この男たちはきっとただでは引き下がらない質《たち》の悪い者たちだ。押し問答してても負けてしまうだろう。

「それじゃあらためて謝るわよ。お夏、あんたもちゃんとお謝り」

「いやよ」

「いいから」

千早はそういうなり、着物が汚れるのも気にせず、その場に土下座した。夏がはっと、びっくりしたように目を瞠った。

「どこのどなたか存じあげませんが、この子の不始末はこの通りわたしが代わって謝ります。どうか勘弁してやってくださいまし」

「冗談じゃねえやい！　横からしゃしゃり出て来て女だてらに粋がるんじゃねえ！」

千早は肩を蹴られてひっくり返った。野次馬たちが息を呑んだ。

「おれが謝ってほしいのは、そっちの女だ。てめえは関係ねえ、すっこんでろ。おい、そのお夏って女を連れてゆくんだ」

「待ちな」

また、新たな声がした。千早は声の主を見て目を輝かせた。

五

新たに現れたのは小川金三郎だった。

「金さん……」

千早がつぶやくと、金三郎はくわえていた楊枝をぷっと吹き飛ばして、背の高い男を眺めた。

「いい加減にしねえか。相手は女だ。それに見てみなこの女たちを。泥道に転がされて泥だらけじゃねえか。勘弁してやりなよ」

「なんだてめえは？」

「千早さん、お夏、早く帰るんだ。あとはおれが話をつける」

「話をつけるだと。ふん、笑わせるんじゃねえやい」

「まあ、そうカッカするな。おとなしく話をしようじゃないか」

「てめえ、舐めたことを……くそッ」

相手は顔を真っ赤にさせた。

「ええい、面倒だ。こうなったら袋だたきにしてくれる」

背の高い男はそういうなり、懐から匕首《あいくち》を抜いた。雨に濡れた刃が鈍い光を放った。

野次馬たちが息を呑み、輪が広がった。

「そんなもん出すと怪我するのはそっちだぜ」

金三郎は不敵な笑みを浮かべた。

「かまわねえ、やっちまえッ！」

背の高い男の声で、まわりの子分らも一斉に匕首を引き抜いた。野次馬たちから悲鳴があがった。千早は夏を抱くようにして顔をこわばらせていた。

金三郎は右からかかってきた男の手を取るなり、その体を腰に乗せて地面にたたきつけた。すぐさま背後から襲いかかる男がいたが、金三郎はくるっと反転するなり、その男の鳩尾《みぞおち》に拳をめり込ませた。

「うぐっ……」

男はだらしなく口を開けて、地に転がって苦しがった。金三郎はそれにはかまわず、横から斬りつけてきた男がいたので、半身をひねってかわすなり、相手の後ろ襟をつかんで引き倒し、その顔面をしたたかに蹴り上げた。

背の高い男の顔に動揺が走った。

「野郎……」

匕首を構えたまま吐き捨てるようにいうが、かかってこようとはしなかった。金三郎は無言のまま目を険しくして、腰の刀をするりと抜き払った。野次馬たちに小さな悲鳴が生まれ、その輪がさらに大きくなった。

「わからねえやつらだ。これ以上やるっていうんなら、おれも遠慮はしねえ。てめえらのそっ首、刎《は》ね飛ばしてやろうじゃねえか」

金三郎はそういうなり、柄頭をきちんと握り直し、青眼に構えた。剣先はまっすぐ背の高い男の喉元に向けられていた。

背の高い男はゴクッと、喉仏を動かしてつばを呑んだ。目が助けを求めるように左右に動く。金三郎がじりっと間合いを詰めると、大きく下がった。

「く、くそ。覚えてやがれ。おい、退け、退くんだ」

そういうなり、くるりと背を向けて逃げだした。慌てた仲間があとを追って去って行った。

「金さん……」

千早がつぶやくと、金三郎はにやりと片頰に微苦笑を浮かべて刀を納めた。

「さ、これにあたって髪を乾かして体を温めるんだよ」

千早は体の汚れをぬぐい、浴衣に着替えさせた夏の前に手焙りを持っていった。

「ごめんなさい」

「謝ることなんかないわよ。相手が悪かったんだから仕方ないわよ」

「でも、あたしがおっちょこちょいだからこんなことに……。千早さんの着物も汚しちゃったし……」

「もう気にすることないから。それより風邪引かないようにしなきゃ。今熱いお茶を淹れてあげるわ」

台所に立った千早は湯を沸かしながら、まだ乾ききっていない自分の髪を手拭いで拭いた。それから髷に挿している簪で、耳許の乱れ髪を整えた。

金三郎に助けられ、夏を店に連れ帰ってから経緯を聞いたが、夏に落ち度はなかった。相手のゴロツキが道いっぱいに広がって歩いていたから、急ぎ足で角を曲がったときに、夏はゴロツキのひとりにぶつかったのだった。野次馬も夏には何も悪いところはなかったと口を添えてくれた。

湯が沸くと、茶を淹れて夏に持っていった。夏は殊勝に礼をいって口をつけた。ホッと小さなため息をつき、

「千早さん、ごめんなさいね」

と、また謝る。素直な夏は可愛い。

「でも、千早さんが来てくれてよかった」

「金さんもよ」

「そうね、金さんにもお礼いわなきゃ」

金三郎はゴロツキらを蹴散らすと、店まで千早と夏を送り届けて帰ってしまった。これから着替えをしなければならない女のいる家には入れないというのだった。

「千早さんがあんなに粋な人だとは思わなかった」

「は……？」

「だって、あたしのために颯爽《さっそう》と現れて、啖呵《たんか》切って、ぱっと土下座してさ……あたし、千早さんに惚れそうになったわよ」

「ああするしかなかったのよ」

千早は照れを隠すために茶に口をつけた。

「それに金さんだって、あっという間に三人を倒して、それからあの背だけ高い男を、ぐっとにらみつけてさ……何だか惚れ惚れしちゃったなァ……」

夏はそのときのことを思い出すように、うっとりした顔になった。

「金さん、結構いい男よね……」

千早は自分を持ち上げられたときは照れてしまったが、今度はわずかな嫉妬を覚えた。

「さ、体が温まったらさっさと着替えなさい」

千早はすっと立ち上がると、帳場に向かった。

「千早さん、怒ってるの？」

ぴくっと肩を動かして振り返ると、夏が怪訝そうな顔で見てきた。

「何だか機嫌悪そうだから」

「……そんなことないわよ」

帳場に落ち着いた千早は、ふっとひとつため息をついた。無事に収まってよかったが、今になって自分のやったことに肝を冷やした。だけれど、金三郎の鮮やかな立ち回りには少なからず驚き、感動していた。

金さんって、なかなかやるんだわねえ……。

胸の内でつぶやき、文机に両肘を置いて頬杖をついた。その目はさっきの夏と同じようにうっとりしていた。と、目の前の暖簾がさっとまくられ、

「何だ金さんが追っ払ってくれたんだって」

現れたのは隣の店主の吾吉だった。雨で濡れた肩を手で払い、

「伊平次の親分を捜したんだけど、どこにもいないんだよ。それで慌てて引き返したら、もう騒ぎは終わってるじゃないか。いやあ、わたしも金さんの立ち回りを見たかったたねえ」

と、框に腰掛けて、早口でつづける。

「でも、あれだっていうじゃないか。千早さんもずいぶん粋なことをしたそうだね。みんな、感心していたぜ。お夏ちゃんもなかなか鼻っ柱が強くて、気持ちよかったってねえ」

「見せ物やったんじゃないから……」

「だって見るからに怖そうなゴロツキだったじゃないか。それにしても無事で何よりだったよ。よかったよかった、ほんとだよ」

　こうなると話し好きの吾吉はなかなか帰らない。千早は早く追い返すいい訳を考えながら、茶を淹れてやった。

「お、こりゃすまねえ。雨はそろそろ上がりそうだね」

　そういわれて表に目を向けた。たしかに雨脚が弱くなっていた。

「それでね、ちょいと小耳に挟んだんだけど、例の常五郎さんだけどよ」

　千早は吾吉に顔を戻した。

「知らないところにずいぶん借金があったんだってねえ」

「ずいぶんって？　いくらぐらい？」

「十両は下らないって話だったけど、お民さんはそれで困っているらしいんだよ」

「……十両」

　たしかに大金である。しかし、なぜそんな借金をしていたのだろうか？　大工の稼ぎは決して悪くない。それに人に金を貸してもいたのだ。

「お民さんは常五郎さんが借金していることを知らなかったのかしら？」

「さあ、その辺のことはわからないけど、矢の催促で取り立てにあってるらしいんだよ。亭主に死なれて、借金を返さなきゃならないとなると、お民さんも大変だよ」

吾吉はあれこれ勝手にしゃべっていたが、千早は常五郎の借金が気になった。ひょっとすると、殺される原因は借金にあったのではないか。すると、下手人は常五郎に金を貸していた者かもしれない。

考える目を表に向けると、雨がやんでいた。

六

雨が上がると、雲の隙間から光の筋が射すようになった。その光が唐紙を朱に染めていた。千早はお民の家で、話を聞いていた。

「それじゃもう借金はきれいさっぱりなくなったというわけ？」

常五郎が実際借りていた金は六両であった。困ったお民は親戚に頭を下げ、無利子で金を都合し、すでに返し終わっていた。

「あの人が他に借りていなけりゃもうないはずです」

「なんだ、三吉屋の吾吉さんが借金取りが押しかけて大変な目にあっているというから……でも、親切な親戚があってよかったわね」

「ほんと親戚には足を向けて寝られません。それに仕事の世話までしてもらって……」

お民は御蔵前《おくらまえ》にある大きな料理屋の仲居として働くことになったといった。

「きっと常五郎さんも、天の上から手助けしてくれているのよ。それで、下手人のことは何かわかったのかしら……」

「それは何も……御番所にまかせてあるし、親分も必死になってくれているようだから、わたしはじっとしているだけですよ」

「そうね、町方の旦那たちがきっと見つけてくれるわよね」

千早はぬるくなった茶に口をつけた。表の路地を豆腐売りの棒手振が歩いていった。長屋には以前と同じように、のんびりした空気があった。

「……それで料理屋にはいつから出るの？」

「明日からでもといわれているんだけど、わたしはせめて初七日がすんでからにしようと思って……」

初七日は明後日だ。お民は疲れのにじんだ顔を表に向けた。千早はその横顔を眺めたとき、大工の清助がいった言葉を思い出した。

「つかぬことを訊ねるけど、常五郎さんは何か病気でもしていなかったかしら？」

「あの人が……病気。いいえ、そんなことはこれっぽちもないわよ。何年も風邪を引かない丈夫な人だったから……なぜ？」

「常五郎さんが清助さんの家に泊まったとき、病気持ちだとか、長生きできないとかいったらしいの」

「病気持ち……どうしてそんなことといったのかしら……」

お民は目をしばたたかせて、首をかしげた。

「元気だったら変よね」

「そうね、清助さんの聞き間違いじゃないのかしら」

お民はまたぼんやりした目を表に向けた。亭主を失って日が浅いので、悲しみの傷は癒《い》えていないのだろう。千早は無闇にその傷に触れてはいけないと思い、間もなくしてお民の長屋を出た。

いつの間にか表は薄暮れになっていた。仕事帰りの職人らがあちこちの木戸に吸い込まれてゆく。そんな様子を何気なく眺めているとき、ひとりの男に気づいた。男はたった今千早が出てきた長屋の入口で足を止め、躊躇い、そして背を向けた。

おかしな行動である。千早が首をかしげると、その男はまたきびすを返して、お民の長屋の前に立った。二本差しの侍だが、浪人には見えない。

男は長屋の路地を探るように眺めると、やはり何かをあきらめたように千早がいる道とは反対のほうに歩き去った。

いったい何者だろうかと思った千早の足は、自然に男のあとを尾けるように動いていた。

男は神田広小路に出ると、夕闇を濃くする雑踏を抜け、そのまま湯島のほうに向かった。神田明神を過ぎ、本郷に入るとすっかり夜の気配になった。

東の空に明るい月が浮かび、数こそ少ないがまたたく星も見えるようになった。昼間雨が降ったとは思えない夜空だった。

男はそのまま本郷通りを進んでいった。加賀金沢藩上屋敷を過ぎると、すぐ左手に三河岡崎藩の下屋敷の長塀がつづく。往還を行き交う人は徐々に少なくなっているが、それでもまだ人通りが絶えるほどではない。

前を行く男は追分けに来ると、左の道に進んだ。そのまままっすぐ行けば自ずと中山道となる。だが、追分けから四町ほど行ったところを左に折れて坂道を下った。そのあたりは武家地となる。

お民の長屋前と違い、男の足に迷いはなかった。やがて、男は小さな屋敷に消えた。門札の類《たぐい》はないので、誰の家かわからない。だが、小さな木戸門から察するだけで御家人の屋敷だとわかる。

屋敷は六十坪あるかないかだ。庭があるので、母屋は三十坪程度だ。武家の屋敷にしては小さなほうだろう。

千早はその家の前を素通りして、先の辻まで行って振り返った。

そのとき、件の屋敷に、どやどやと入っていく三人の男がいた。いずれも侍だ。何だろうと目を見開いた千早は、妙な胸騒ぎを覚えた。

たしかめに行きたい気持ちもあったが、何だか怖くなり、竦んだまま動くことができなかった。しばらくすると、さっきの三人の侍が通りに出てきた。木戸門の前で一度左右を見た。ひとりの男がじっと千早に目を注いだが、それだけのことですぐに歩き去っていった。だが、最後に出てきた男の所作が気になった。

まるで血刀を振るようにして、抜き身の刀を鞘に納めたからだった。

千早は金縛りにあったようにその場に立ちつくしたまま男たちを見ていた。やがて男たちは闇に呑まれるように姿を消してしまった。

どこかで犬の遠吠えがした。

我知らず胸をかき抱くようにしていた千早は、やっとこわばっていた体の力を抜いた。それから恐る恐るさっきの家に近づいて、木戸門の前に立った。片開きの戸は閉まっていた。手をかけて、そろりそろりと開き、短い飛び石の先にある玄関に目を向けた。

玄関の戸は閉まっている。家のなかには明かりの気配がない。どうしたのだろうか？　まさか、さっきの三人に……。それから先のことを考えるのが怖かった。

変なことに関わらないほうがいいと、頭で思う。しかし、この家の男は何の用があって、お民の長屋に行ったのだろうか？　お民に用事があったのか、それとも別の家に用があったのか……？

ともかく目の前の家はひっそりと静まっている。家人が動く気配も感じられない。玄関まで行って声をかけてみようか。いや、それは余計なことだ。このまままっすぐ家に帰るべきだ。夜の帳《とばり》はすっかり下りている。夏も待っている。

帰ろう……。

千早は自分のやっていることを馬鹿馬鹿しいと思い、背を向けた。そのときだった。

玄関のほうでガタッという音がして、うめくような人の声が聞こえた。

恐る恐る振り返ると、玄関の戸がゆるゆると開き、やがて白い手が現れた。つづいて、男が這うようにして出てきた。顔を凍りつかせた千早と、男の目が一瞬合った。

と、つぎの瞬間、男はそこで力尽きたように、ばたりと地面に顔を落として動かなくなった。

七

「ど、どうなさいました……」

という声はとてもか弱くてかすれていた。千早は駆け寄ろうとしたが、今度は慌ただしい足音が聞こえてきた。そっちのほうを見ると、ひとりの男が刀の柄を押さえながら駆けてくる。それはさっきの三人が消え去った方角だった。

千早はどうしようかと焦った。目の前には男が倒れている。一方からは尋常ならざる様子で男が駆けてくる。さっきの三人のひとりかもしれない。何かを忘れて取りに戻ってきたのか、それとも別の男なのか。よくわからないが、何か面倒なことが起きているのはたしかだ。ここにいればその面倒に巻き込まれる。

千早は逃げることにした。倒れた男を置き去りにするという後ろめたい気持ちはあったが、まずは自分の身を守るのが先だと思った。

駆けながら背後を振り返った。闇のなかを駆けてくる男の姿が大きくなっていた。千早は足を速めた。得体の知れぬ恐怖心に駆られ、つぎの辻を右に曲がった。武家屋敷がつづいている。町屋と違い通りはひっそりしており、人の姿もない。

自分の息づかいだけがやけに大きく聞こえた。しばらく行って後ろを見た。人の姿はなかった。さっきの男は追ってこないようだ。倒れた男の家に行ったのか？　それとも別の家に行ったのだろうか？　まったくあの家には関係のない者だったのかもしれない。

もし、そうだとすれば、自分は今にも死にそうな男を見捨てたことになる。千早は罪の意識に駆られた。それに自分には何もやましいところはないのだ。だったら、様子を見に行って手を差しのべてやるべきではないか。

玄関の戸から這うように出てきた男の姿が脳裏に甦《よみがえ》った。男は息も絶え絶えの様子で、空をつかむように片手を伸ばした。一瞬だけ目が合った。その目が助けてくれといっているようだった。

迷いながら後ろを振り返った千早は足を止めた。

どこかで梟《ふくろう》の声がしていた。犬が短く吠えた。

生つばを呑み込み、胸に手をあてた。心の臓が騒いでいた。

引き返そう。千早は目を瞠ったまま来た道を戻りはじめた。曲がってきた角に来ると、塀の陰からそおっと通りを眺めた。人の姿はない。しばらく行くと四つ辻になった。さっきの男の家があるのは左の道だ。垣根の陰から顔だけを出して通りを眺めた。一軒の家に小者を連れた侍が入っていくのが見えた。さらに、ずっと先の家からひとりの女が出ていった。提灯の明かりに浮かぶ身なりから察すれば下女のようだ。

提灯を下げた下女は先の道を左に折れて見えなくなった。千早は通りに出て足を進めた。さっきの家が徐々に近づいてくる。心の臓がいやがおうでも早鐘を打つ。胸を押さえながら、家の前まで来た。木戸門の引き戸は閉まっていた。

その隙間から屋敷のなかをのぞいた。玄関に倒れている男の姿はない。さらに、家のなかに明かりがある。人がいるのだ。さっき駆けてきた男だろうか。すると、玄関に倒れた男は助けられたのかもしれない。

そうかもしれない。きっとそうだ。千早は恐怖心に負けて、自分の都合のいいように考えた。関わるのはよそう。そう思って、今度こそその家を離れた。自然に足は速くなり、小走りになった。武家地を右に左に折れて、ようやく町屋に出た。どこだかわからなかったが、しばらく行って見覚えのある通りだったと気づいた。本郷菊坂田町《きくさかたまち》だ。阿部伊勢守下屋敷の南だとわかった。あとは自分の店まで帰る道を迷うことはなかった。それでもあの家のことが気になって仕方なかった。

玄関に倒れた男はお民の長屋の様子を探るように見ていたのだ。それから家に帰って、三人の男の訪問を受けた。……三人組はすぐに立ち去ったが、男は玄関で倒れた。ほんとにこのまま何も知らない顔をしていていいのか。いいわけがない。

自分を責めながら自分の店のある神田花房町に着いたときには、心底ホッとして、安堵《あんど》の吐息をついていた。

「お夏、お夏……」

表戸を閉めるのももどかしく奥の居間に声をかけると、

「お帰りなさい。遅かったわねえ」

夏ののんびりした声が返ってきた。居間に行くと、夏は煎餅を頬ばって茶を飲んでいるところだった。

「ちょっと、変なことがあるのよ」

「なあに……」

夏はパリッと煎餅を齧った。千早は息を整えるために、台所に行って水を飲んだ。

夏が大きな目を丸くして見てくる。

「人が死んでいるかもしれない」

何から先にいえばいいかと考えていたが、まっ先に口をついて出たのはそんな言葉だった。煎餅を食べていた夏が、そのまま「えっ？」と驚き顔になる。

千早は膝を滑らせるようにして座ると、お民の長屋を探るように見ていた侍を尾けたことから順を追って話した。

黙って話を聞いていた夏は、茶を飲んでから口を開いた。

「その侍は誰なの？」

当然の疑問だろう。だが、千早に答えることはできない。

「誰かわからないわよ。でも、殺されたのかもしれない」

「その家には今、人がいるのね」

「……もういないかもしれないけど、どうかわからないわ」

「なぜ、お民さんの長屋を見てたのかしら？」

「だから、それもわからないことなのよ。どうしたらいいかしら？　もし、あの人が殺されていたなら……番屋に知らせようか……」

千早はじっと夏を見つめた。

燭台がジジッと鳴った。

「千早さん、もう一度行ってみようよ。何もなければ千早さんも余計な心配しなくてすむでしょ。もし、何かが起こっていれば、そのとき番屋に知らせればいいじゃない」

頭が混乱しそうになっている千早は、そうかもしれないと思った。このままいつものように眠れるはずがない。それに、やはりあの玄関に倒れた男のことが気になる。男はお民の長屋を探るように見ていた。それから迷いを吹っ切るように長屋をあとにした。どうしてそんなことをしたのだろうか。それに、あの男の家を訪ねた三人の男たち。また、あとから駆け戻ってきた男。

いずれも侍だった。大工だった常五郎とは何の関係のない者たちかもしれないが、気になることは気になる。

千早は宙に彷徨わせていた視線を、夏に戻した。

「いっしょに行ってくれる？」

「もちろん」

二人は提灯を持って家を出た。夜の闇は濃くなっているが、町屋にはにぎやかな声があり、通りには明かりがこぼれている。

空には大きな月が浮かんでいた。明るい星月夜だ。

千早と夏は湯島から本郷に入った。三丁目まで来ると、

「こっちが近道よ」

千早は左に折れ、魚屋の多い肴店《さかなだな》と呼ばれる通りに入った。

短い町屋を抜けると、静かな武家地になる。大きな屋敷もあれば、こぢんまりした屋敷もある。道の片側には小石川から分岐した下水が流れている。ちょろちょろと水音がして、水面《みなも》が二人の提げる提灯の明かりを映していた。

「どっち？」

辻に出たところで、夏が聞く。

千早は顔をこわばらせたまま、「こっちよ」と左に折れる。今になって誰か連れて

きたほうがよかったのではないかと思うが、もう遅すぎる。件の侍の家はもう目と鼻の先だった。あたりは森閑としており、人の声も聞こえない。遠くで夜鴉が鳴き、梟の声が広がっている。

しばらく行ったときに、宵五つ（午後八時）の鐘音が夜空を渡っていった。

「どこ？」

心なし夏の声もこわばっていた。

「すぐそこよ。お夏、提灯の明かりを……」

そういった千早は自分の提灯の火を消した。夏も真似て消す。足音を忍ばせてそのまま件の家に近づいた。

「そこよ」

千早は足を止めたが、夏はかまわずに進み、木戸門の前に立って振り返る。恐れを知らぬ大胆さは夏の持ち味なのか、「ここなの？」と、声をひそめる。そうだと、千早が応じると、夏は引き戸の隙間に目をあて、そのまま戸を横に滑らせた。

「駄目よ」

千早が諫めると、夏は唇に指を立てた。

が、すぐに追いかけた。玄関の戸障子に明かりがある。夏が振り返った。

止める暇も与えず、夏は忍び足で玄関に進んだ。息を呑んで棒立ちになった千早だ

「訪ねるだけよ」

「無茶はいけないわよ」

「誰かいるわ」

千早はそばに行って、

「誰か呼びに行ったほうがいいかもしれない」

と、夏の手を握った。家のなかから声が聞こえたのはそのときだった。低くひそめられた声だった。二人同時に玄関の戸に目を向けた。そのまま聞き耳を立てる。

「誰も知らぬことだ。もうよいだろう」

「石尾はどうする？」

「放っておけ」

「死体が見つかったら騒ぎになる」

「誰の仕業かわからぬさ。死体を運ぶわけにもいかぬだろう」

やり取りをしているのは二人だが、もうひとりいるのが気配でわかった。

「千早さん、死体といったわ」

月明かりを受けた夏の顔が蒼白に見えた。千早はその夏の手をぐっと引っ張り、ここを離れるのだと目顔でいい聞かせた。

「もうよい、去《い》ぬぞ」

玄関の戸障子に男の影が大きく映り込んだ。

「早く」

短くいった千早は急いで引き返した。そのとき、夏が飛び石に足をつまずかせ、

「痛ッ」

と、短い悲鳴を発した。

千早は顔を凍りつかせた。家のなかから「誰かいるぞ」という声がした。

千早は夏の手を強く引っ張って木戸門を抜けた。そのとき、玄関戸が引き開けられる音がした。

「おい、木戸の戸が開いている」

慌てた男の声が背後でした。

通りに出た千早は夏の手を引っ張ったまま足を急がせた。後ろを振り返るのが怖か

った。

「千早さん、足が……」

夏がそういった途端、地面に転んだ。千早は急いで手を貸したが、そのときさっきの家の前に男が現れた。

第四章　おりく

一

「早く」

千早は夏の手を強くつかむと、引きずるように駆けた。夏が待ってというが、耳は貸さない。ようやく夏が足並みを揃えて横に並んだ。

「……追われてる？」

駆けながら千早が聞く。

「わからないわ」

夏は半分泣き声だった。

千早は後ろを振り返りたかったが、怖くてそうすることができなかった。もうすぐ十字路だ。右か左かと悩む。背後から足音が迫っているような気がする。助けてと叫びたいが、声を出すことができなかった。

十字路を右に折れた。ここもまっすぐの一本道だ。両側には武家屋敷が並んでいる。どこにも逃げ場はない。捕まるという恐怖心を払いのけて、ちらりと背後を振り返った。

角を曲がったひとりの男の影が見えた。やはり追われている。このままでは捕まってしまう。千早は走りながら左右に目を動かした。一本の路地を見つけた。

「お夏」

いうなり、その路地に飛び込んだ。人ひとりがやっと通れる狭い道だ。少し行ったところにも細い路地があった。右か左か迷っている暇はなかった。左に行った。路地は暗い。両側は板塀だ。背後で足音がする。

塀の先、家の屋根越しに月が浮かんでいた。息が上がって、足がもつれそうになった。

「千早さん」

振り返ると、他家の勝手口の前で夏が立ち止まっていた。

「こっちよ。早く」

千早は後戻りして、その勝手口に入った。そのまま夏といっしょにしゃがみ込んで、息を殺した。いくつかの足音が近づいてきた。

「どこだ？」

「この路地に入ったはずだ」

「いないぞ」

「おかしいな」

立ち止まった男たちがあたりを見まわしているのがわかる。声はもうすぐそこにある。

千早と夏は身を寄せて、勝手口の戸を開けられないように必死に押さえていた。千早は何度もつばを呑み、男たちに悟られないように息を整えた。乱れた髪が汗ばんだ頰に張りついている。耳の後ろを汗が流れた。

男たちが狭い路地を行ったり来たりしている。ときどきひそめた声で、あっちを見ろ、おれはこっちだといっていた。そのうち、近くの裏木戸を開けようとする気配があった。

男が舌打ちをしていよいよこっちに近づいてきた。板塀の向こうに男の気配があった。千早は生きた心地がしなかった。顔を凍りつかせたまま開けられないように、戸を押さえる手に渾身《こんしん》の力を込めた。その戸が開けられようとした。

「ここもか……」

男はすぐにあきらめたようで、離れていった。千早と夏は同時に息を吐いた。それでも気は抜かなかった。夏が不安にゆらめく目を合わせてきたので、千早は唇の前に指を立てた。夏の大きな目が闇のなかで潤んだように光っていた。

男たちの気配が消えた。それでも二人は体を寄せたまま動かなかった。のんびりした梟の声が空を渡っていった。

雲が月を遮り、あたりが暗くなった。二人とも提灯を落としており、手ぶらだった。

「……行ったかしら」

千早は五感を研ぎ澄ませたままつぶやいた。夏がわからないと首を振る。それでもさっきまであった緊張感を少しだけ緩めることができた。

千早の鼻孔をくすぐるいい匂いがした。あたりの闇に目を凝らす。裏庭があり、その先に母屋がある。闇に覆われた庭に白いものが浮かんでいる。

匂いのもとがそれだとわかった。白い山梔子《くちなし》の花が、闇のなかにぼうっと浮かんでいたのだ。そばには百日紅《さるすべり》の木がある。黒い影を見ただけで、何となくわかった。

「ここ、留守なのかしら……」

夏がぽつんと声を漏らして、すぐそばの母屋に目を向けた。そういえば、さっきから物音ひとつ、家人の声すら聞こえない。千早は閉まっている雨戸を見た。雲が流され、月の明かりがその雨戸にあたった。家のなかに明かりがついている様子はない。

「千早さん、どうする？」

千早は夏に顔を戻した。それから耳をすました。

男たちの気配はすっかり消えていた。

今表に出るのは危険かもしれない。男たちはまだ付近を捜しまわっているだろう。見つかったらどうなるかわからない。

「この家に助けてもらおうか……」

夏が無言のままうなずく。

「押さえていて、心張り棒になるものを探してくるから……」

千早は勝手口の戸から手を放し、暗い庭に目を凝らしていった。縁側の踏み石の横に薪束が置いてあった。一本の薪を抜いて、勝手口に戻り、それを心張り棒の代わりにした。

それから二人で裏戸の前に行った。そこは台所脇の戸と思われた。千早が低くて小さい声をかけた。返事はない。二度三度と繰り返したが、やはり返事はなかった。二人は顔を見合わせる。

「留守かしら……?」

夏がつぶやいて引き戸に手をかけたが、ビクともしなかった。縁側のほうに行って、雨戸を開けようとしたが、やはり動かない。家のなかはしんと静まったままだ。

「どうしよう?」

千早は夏を見た。二人とも夜目が利くようになっていた。

「表にまわってみましょう」

夏がいうので、そうすることにした。裏庭からまわり込むとき、カサッと藪のなかで音がした。千早は心の臓が縮み上がりそうになった。悲鳴を抑えるために両手で口を塞いだ。ニャアと、猫の声がして、胸をなで下ろす。

表にまわったが玄関の戸はきっちり閉まっており、開く気配はなかった。

「やはり留守なのよ」

千早は玄関の前に立ちつくしていう。

「遅くなって戻ってくるかもしれないわ」

そうかもしれない。でも、今この家を出るのは無謀だろう。遠くから拍子木を打ち鳴らす音が聞こえてきた。辻番か自身番の番人の夜廻りだ。

「どうするの……？」

月明かりを受けた夏の顔が、千早に向けられた。

千早は玄関脇にある戸袋のすぐ横の雨戸を見ていた。

二

「何だかお腹が空いたわ」

危険が去ったせいか、夏はのんきなことをいう。煎餅しか食べていないと。

「こんなとき何をいうのよ。それよりさっきの男たちはどうしたんだろう」

結局二人は玄関前に腰をおろしているのだった。表の雨戸もきっちり閉まっており、家のなかに入ることはできなかった。

「石尾はどうする、死体が見つかったら騒ぎになるといってたわね」

千早は叢雲《むらくも》に呑まれる月を見ながらいう。雲のずっと向こうに散らばる星がある。

「運ぶわけにはいかないみたいなことをいっていたから、あの家に死体があるのよ」

「石尾という人が殺されたのかしら……」

夏がどこか遠い目になって声を漏らした。

きっとそうに違いなかった。

「ねえ、いつまでここにいる気？　この家の人が帰ってきたら泥棒に思われるわ」

「何も盗《と》っちゃいないでしょ。それに助太刀を頼める」

「……そうか」

「でもここを出たほうがいいかもしれないわね」

「もうあいつらいないかしら、きっと人殺しなのよ」

人殺しという言葉に、千早はぶるっと肩を震わせた。背筋に鳥肌が立つのもわかった。

「……殺されたのは、きっと……」

一点を凝視してつぶやく千早は、玄関の戸を開け、片手で空をつかむようにして顔を落とした男の姿を思い出していた。

お民の長屋を探るように見ていたのはあの男だったのか……？　男は侍だ。家の構えから御家人だとわかる。

侍なら……。お民の長屋に住む侍といえば、小川金三郎しかいない。金さんと関わりのある侍だったのか……。

「金さん……」

小さなつぶやきに、夏が「えっ？」と声を漏らした。

千早は自分が思っていることを口にした。夏は、そうかもしれないという。

「侍があの長屋の連中に用があるとは思えないもの。きっとそうよ」

「……そうかしら」

「ここを出て金さんを呼びに行こうか？」

千早もそうしたほうがいいような気がした。

「でも、相手は侍だし、三人よ。町のゴロツキと違うのよ」

「だったらどうしろっていうのよ」

夏が責めるようにいう。

「さっきの男たちが表で見張っていたらどうする？　その辺で目を光らせていたら

「……」

「相手はやましいことをしているはずだから、絶対逃がしてはならないと思っているわよ。きっと、あたしたちがこの辺にいると見当をつけているに違いないわ」

「……じゃ、ずっとここにいるわけ？」

千早は周囲の闇に視線をめぐらした。

「もう少し様子を見よう」

そうする以外にないような気がする。

一刻、そしてまた一刻と過ぎた。すでに深夜だ。あたりはしんと静まりかえっており、庭木を揺らす風の音と、どこかで鳴く梟の声しか聞こえない。

夏は疲れたのか、地面に尻をつけたまま膝を抱えていた。千早は張りつめた神経をゆるめず、ときどき表の様子を窺いに立った。二人が逃げ込んでいる屋敷は、板塀で囲まれていた。庭には築山が施されているが、手入れはしばらく行われていないようだった。

表に、男たちの気配は感じられなかった。それでも千早は必要以上の用心をした。

人の足音が何度かしたので、救いを求める声を発しようとしたが、すんでのところでやめていた。もし、相手がさっきの侍たちだったら大変だし、そうでなくても声を聞かれたら、それまでのような気がするからだった。

半分、このまま朝を待つしかないと覚悟を決めもした。

しかし、夜九つ（午前零時）の鐘を聞いて、もういいだろうと思った。

「夏、出よう」

「大丈夫かしら？」

「多分、もう気配を感じないもの」

「裏から……」

千早は表から出てもいいような気がしていた。だが、迷った。どっちがいいか？

しばらくしてある考えが浮かんだ。

「もし、変な男に声をかけられたら、この家の者だといえばいいわ。家人が病気で熱を出したのでお医者を呼びに行くところだと」

「それで通じるかしら」

「他に何かある？　別々のことをいったらあやしまれるじゃない。夜道だから女二人で行くのだといえばいいのよ」

「提灯も持たずに」

千早ははっとなったが、夜空をあおいで言葉を継いだ。

「この月夜だし、提灯の用意をする暇もないぐらい急いでいるのだというのよ」

「わかったわ、じゃあそうしましょう」

「そうなると表から出るしかないわね」

千早は表戸に向かった。一度引き戸の隙間に目をつけてあたりの気配を探った。誰もいない。そっと戸を横に滑らせて、ゆっくり顔を出す。人はいない。

「さ、行くわよ」

表に出た。自分の家がどっちの方角だか、大まかにわかっていた。千早は迷わず右のほうに歩いた。しばらく行くと馬糞の匂いが鼻をついた。馬場があるのだ。案の定、武家地が途切れところで、馬場の柵囲いが現れた。馬場のなかには欅《けやき》や椎の木が、黒い影を象《かたど》って空に伸びている。

二人は足を急がせた。すぐ先に小さな明かりが見えた。辻番だ。千早は助かったと胸を押さえた。だが、それは糠《ぬか》喜びでしかなかった。辻番小屋には行灯が点してあるだけで、誰もいなかったのだ。番人は夜廻りに出ているようだ。帰ってくるのを待っている間に男たちに見つかったら元も子もない。

「早く行こう」

千早は夏を急かした。

すぐ三つ角になった。そのまままっすぐ行けばいいことはわかっている。だが、まるで亡霊のようにその辻にひとりの侍の影が現れた。道の真ん中に立ち、千早と夏を見てきた。星明かりを受けた双眸《そうぼう》がぎらついていた。

「女、どこへ行く」

男は低い声を漏らして、ゆっくり近づいてくる。

「さっきの二人組の女だな」

知られていた。男たちはあきらめていなかったのだ。千早は忙しく左右を見た。声を出したいが、声が喉に張りついて出てこない。

男が口に指を持っていった。そして、指笛を鳴らした。ピーッという音が、夜のしじまに広がった。

「夏」

千早はそういうなり、右に駆け出した。夏もついてくる。男が低い声で「待て」といって追いかけてくる。その差がどんどん詰まってくるのがわかる。

追いつかれると思ったとき、横にいた夏の姿が消えた。千早は後ろを振り返った。男に肩をつかまれた夏が地面に引き倒され、口を塞がれたままもがいていた。男は千早を追ってくる様子はないが、仲間への合図なのかもう一度指笛を吹いた。

千早は立ち止まって振り返った。月光に照らされた夏の顔が苦悶にゆがんでいた。それから逃げろというように首を激しく振っていた。

「……夏」

夏はもう一度首を振った。そのとき、夏が捕まっている道の遠くから、ひとりの男が駆けてくるのが見えた。

夏、助けてあげるから……。

心の内にいい聞かせた千早は、身をひるがえして駆け出した。

三

髪を振り乱し、汗みずくになっている千早は、茂兵衛店の木戸口を走り抜けた。居眠りをしていた木戸番がびくっと目を覚まし、路地を歩いていた野良猫がびっくりして駆け去っていった。

金三郎の家の前で立ち止まった千早は、はあはあと息継ぎをして戸をたたいた。近所迷惑もかまっていられない。

「金さん、金さん、起きて。金さん」

千早はせっぱ詰まった声を出した。

「何だこんな夜中に……」

「夏が夏が大変なのよ」

「……千早さんか、ちょっと待ってろ」

ごそごそ音がして、ガラリと戸が開いた。

「どうした？」

「夏が変な男たちに捕まって、そいつらは人殺しよ。大変なの」

「ちょっと待て。まずは水を飲んで……」

金三郎は柄杓《ひしゃく》で水瓶《みずがめ》の水をすくって、千早に渡した。千早は喉を鳴らして一気に飲みほした。

「わかるように話してくれ」

家のなかに入った千早は框に腰かけて、早口であったことをまくし立てた。寝間着姿だった金三郎は燭台に明かりをつけ、着替えにかかった。千早の目など気にせず、単衣を羽織り、帯を締める。

「よし、わかった。案内しろ」

話を聞き終えた金三郎は差料を手にした。千早は提灯を持つ。

表に出るとまた早足になった。千早の胸の鼓動は激しく打ちつづけている。歩きながら昨日の夕刻からのことをもう一度話した。

「わたしが夏を誘って、その家に戻ったばかりにこんなことになってしまったのよ。夏の身に何かあったらわたしのせいだわ」

「……起こったことを悔やんでも仕方ない。自分を責めるな」

金三郎は冷めたことをいう。

「あの子、捕まったときわたしを見て、早く逃げろというように首を振ったのよ」

そのときの夏の目が、千早の瞼《まぶた》に焼きついていた。

「それでお夏はどこなのだ？」

金三郎の一言で、千早ははっと顔をこわばらせた。どこにいるかわからない。連れて行かれたのか、あそこで殺されたのか。……殺された。まさかそんなことは……。

「……わからない」

千早は今にも泣きそうな顔になってつぶやいた。

「ともかく急ごう」

金三郎の足が速くなった。千早は小走りになった。夜の闇は濃さを増している。月や星はあっても、木陰や町屋の建物の陰に入ると、そこは漆黒の闇となる。もっとも提灯を下げているので、足許を見ることはできるが。

湯島を過ぎると、犬の遠吠えが聞こえた。何やら不吉なことを知らせているようで千早は耳を覆いたくなった。

まず最初に夏が捕まった通りに向かった。その場所が近づくにつれ、千早の胸の鼓動はさらに高まった。金三郎がいなければ、決してひとりでは戻ってこれない場所だ。

その通りに入った。まっすぐ延びた道は、月明かりに白く浮かんだように見えるだけで、人っ子ひとり、猫一匹いない。

千早の後れ毛を揺らすむなしい風が吹き抜けていった。

「どこだ？」

金三郎に聞かれたが、千早は目を瞠ったまましばらく答えることができなかった。

救いはそこに夏の死体が転がっていないことだった。

あたりを見まわしたが、人の気配はなかった。

「おそらく連れて行かれたのだ。……その三人が出入りした家は？」

先に立っている金三郎が振り返った。

「ここからそう遠くないわ」

千早は金三郎の横に並んで案内をした。辻に来るたびに、あたりを見まわしたが人の姿はなかった。すでに夜八つ（午前二時）近い。

風は吹いたりやんだりを繰り返している。立て付けの悪い板戸がカタカタ音を立てていた。右に左にと折れて、例の家の前に来た。

「ここか？」

聞かれた千早は、張りつめた顔でうなずく。

金三郎はそっと木戸門の戸に手をかけた。戸はするすると横に滑った。玄関の戸は閉まったままだ。明かりもない。金三郎は屋敷内に踏み込むと一度立ち止まって、あたりに目を配った。それから用心した足取りで玄関に進んだ。

千早は息を呑んで後ろについていくだけだ。

「おれの長屋に来た男はここに戻ってきたのだな」

玄関の前で金三郎が振り返った。千早はうんと、うなずく。

金三郎は何もいわずに戸に手をかけた。その戸障子もあっけなく横に滑った。

「提灯を貸せ」

千早は提灯を渡した。戸口を入ったところに三和土《たたき》があり、すぐ式台になっている。右に短い土間、その先が炊事場になっていた。

土足のまま式台に上がった金三郎は障子を引き開けた。十畳の居間だ。片隅に丸盆があり、茶碗が載せられていた。目立つものはない。

提灯をめぐらした金三郎は先の襖を開けた。どうやら寝間のようだ。部屋の右隅に畳まれた布団が屏風囲いされていた。あとは有明行灯が置いてあるだけだ。

「これを見ろ」

金三郎は自分の足許を提灯で照らした。血の筋があった。まるで刷毛《はけ》で刷いたような跡だ。はっと息を呑んだ千早は、思わず口を塞いだ。血痕は式台のあたりからつづいていた。

金三郎は寝間に足を踏み入れて、

「やっ」

と、短い驚きの声を漏らした。それから左のほうに提灯を掲げた。

千早も恐る恐る寝間に入って、そっちを見た。ぎょっと、目を見開き、着物の前をかき合わせた。男が転がっていたのだ。

うつぶせの恰好で、顔を横に向けている。金三郎はしゃがみ込んで、提灯を近づけてその顔をよく見た。

「これは……」

金三郎が顔を振り上げた。

「もしや、知り合い？」

「この男は見たことがある」

「え、どこで？」

「うちの長屋だ。何度か常五郎を訪ねて来た男だ」

「それが、なぜこんなことに……」

「待て」

金三郎は千早を遮って、男の頬に手をあてた。

「まだ、生きてるぞ」

四

「おい、しっかりしろ」

金三郎は男の肩を揺すった。すると、男がうつろな目を開けた。それから唇を震わせるように小さくつぶやいた。

「お、りく……」

「おりくがいかがした？　おい……」

「も、申しわけ……ないことを……おれの……せいで……」

「なんだ？」

金三郎は必死に聞こうとする。千早も、のぞき込むように男を見る。男は苦しそうにつばを呑み、唇をわななと震わせた。

「千早さん、水だ。水を持ってきてくれ」

千早は慌てて台所に行き、水を持って戻ってきた。金三郎が男に水を含ませた。

「どうしてこんなことになった？　慌てずともよい、ゆっくり話せ」

金三郎は男を落ち着かせようと声をかける。

「おり……く。すまぬ。すまぬ……」

「おりくはどこだ？」

男はか弱く首を振った。その目にかすかな涙がにじんだ。

「お、おれが……おれ……」

男はそこで事切れてしまった。がっくり首をうなだれると、二度と息を吹き返すことはなかった。虚ろな目は焦点をなくし、どこを見ているのかわからなかった。その目を、金三郎がそっと閉じてやった。

「……金さん、この人はいったい誰なの？」

千早は喉の渇きを覚えながら聞いた。

「常五郎にはおりくという妹がいた。そのおりくの夫がこの男だ。名は……」

金三郎はしばらく考える目になってから言葉を継いだ。

「そうだ、思い出した。石尾釜之助《かまのすけ》だ」

「……石尾」

千早はこの家にいた男たちが交わした言葉を思い出した。

――石尾はどうする？

――放っておけ。

――死体が見つかったら騒ぎになる。

「金さん、あの男たちよ。この人はあの男たちに殺されたのよ」

「それは誰だ？」

「……わからないわ」

金三郎は石尾釜之助の傷を見た。

石尾は脇腹を深く刺されていた。そのとき、懐に財布が入っているのがわかった。落とすまいとしていたのか、財布の一端は帯に挟み込んであった。

「重いな」

財布のなかをあらためた金三郎の目が、にわかに見開かれた。

「大金だ」

「いくらあるの?」

金を数えた金三郎は、二十両だといった。

「……二十両。……それじゃあの三人は金目当てでこの人を殺したのではないわね」

「そうなるな」

「いったい何があったというのかしら……」

「ともかくお夏の行方だ」

金三郎は腰を据えると、あぐらを掻いた。

「どうすればいいの?」

「もう一度これまでのことを話してくれないか」

夏の行方が気が気でない千早だが、今頼れるのは金三郎だけである。金三郎は覚えていること、見たことすべてを漏らさず話せという。そこに何か手がかりがあるかもしれないというのだ。千早はいわれるまま話していった。その間に、金三郎は家のなかを見てまわり、そして燭台に火を点した。

「それがすべてよ。話し忘れていることはないと思うわ」

話を結んだ千早はじっと金三郎を見た。その金三郎は天井の一点を見つめたまま、無精髭をこすりながら何かを考えていた。

「……どうしたの？」

金三郎がなかなか口を開かないので、千早はもどかしくなった。

「なぜ、石尾釜之助が殺されなければならなかったかだ」

金三郎は隣の寝間に目を向けていう。石尾の死体はそのままだ。

「そんなことはわからないわ」

「常五郎にとって石尾は義理の弟にあたる。その常五郎が殺され、石尾も殺された。さらには石尾の妻おりくの姿がここにはない。石尾はいまわの際に、おりくに申し訳ないことをしたといった。なぜ、そんなことをいったのだ？」

千早は視線を彷徨わせる。考えてもわかりっこないと思っても、考えてみる。

「……気になることはいくつもあるが、まずはおりくの行方だ」

「…………」

「千早さんのいう男たちが攫っていったのか……それともおりくも別の場所で……」

「殺されているというの？」

「……わからぬ」

「それで、夏はどうなったのかしら?」

今もっとも気になっているのがそのことだ。

「まさか殺されたなんてことないわよね」

「千早さんのいう三人の男たちに連れて行かれた。そう考えるしかない」

「ど、どうすればいいのよ。ねえ、金さん」

千早は金三郎の腕をつかんで揺さぶった。

「そういえば……」

「なに?」

千早はらんらんと目を光らせて、顎の無精髭を撫でる金三郎を見る。

「妙だと思ったことがある」

「なにを?」

千早はひと膝進める。

「常五郎の通夜にも葬式にも妹のおりくは来なかった。夫の石尾釜之助もそうだ。それなのに、葬儀一切がすんだあと石尾は、おれの長屋を訪ねようとして、引き返したのだな」

「そ、そうよ」

「なぜ、そんなことをしたんだ？　常五郎の死を知っているなら、訪ねるべきだ。それなのに、躊躇う素振りを見せて帰ったのだな」

千早はそうだとうなずく。

「お民さんは、常五郎の死を知らせなかったのか？」

「そりゃお民さんに聞いてみるしかないんじゃないの」

「いかにも……ふむ、だがよくわからぬ」

「わからないことだらけだけれど、お夏を何とかしなきゃならないのよ。あの子にもしものことがあったら……ねえ、金さんどうすればいいのよ」

千早は泣きそうな顔になって金三郎にすがりついた。

「落ち着け。その三人の男たちのことがわかっていればまだしも、何もわからないのだ。お夏を救わなければならないことはわかっている。だが、今は手の打ちようがない」

「…………」

「ともかく朝を待つ。やつらが帰ってくるかもしれぬ」

五

だが、千早の見た三人の男たちは現れなかった。

雨戸の隙間から朝の光が漏れ射すと、鳥たちのさえずりが聞こえるようになった。金三郎は柱に背を預け眠っていた。

千早はウトウトすることはあったが、ずっと起きていた。

「金さん、起きて」

遠慮がちな声をかけると、金三郎は眠りが浅かったらしくすぐに目を開けた。

「……やつらは来なかったな」

「それでどうするの?」

「死体を放ってはおけない。まずは届けるしかない。あれこれ調べられるだろうが、仕方なかろう」

そういった金三郎はのっそりと、腰を上げた。

ひとまず辻番に届けを出した二人は、石尾釜之助の死体を辻番詰めの番人に見せ、一旦自宅に引き取った。旗本・御家人を監察する目付役人の訪《おと》ないを待てということだった。事件は町屋でなく武家地、しかも武家屋敷において起きた事件だから、調べは公儀目付の担当となるのだ。

千早は店に戻ると、まずは残り物で食事をすませた。食欲はなかったが、食べなければ体がもたないから無理に詰め込んだ。それから仮眠を取ろうとしたが、夏のことが心配で眠れるどころではなかった。

目付役人が来るのは早かった。それに金三郎も、千早の店に呼び出されて調べを受けることになった。やって来たのは若年寄のすぐ下で仕事をする目付ではなく、目付の指図を受けて役目をこなす小人《こびと》目付であった。

どうやら事件は軽く見られているようだ。それも、殺された石尾釜之助が小十人組を解き放された御家人だったからである。もっといえば、石尾は抱入《かかえい》れという一代かぎりの御家人で、小十人組を解かれたあとは扶持《ふち》もなくし、御家人としての身分も失っていたのだった。

どうやら役目中に粗相があったらしく、小十人頭から馘首《かくしゅ》されたという。それがつい二月前のことだった。つまり、身分も扶持も失ったのだから、ほとんど浪人身分と同じになっていたのだ。

「それでそのほうは小川金三郎と申したな」

千早と金三郎から話を聞き終えた森千之助という小人目付は、金三郎をにらむように見た。

「いかにも」

相手がちゃんとした武士言葉を使うので、金三郎もそれに合わせていた。

「仕事もせず遊んでいると申すが、国許はどこだ？」

「国許……いや、わたしは生粋《きっすい》の江戸生まれの江戸育ちでございますよ」

森は眉宇《びう》をひそめ、従えている小者を一度振り返った。

「それで浪人に成り下がっているのか？　だらしのないことを。……それじゃ実家があろう。親兄弟はどうした？」

「健在でありますよ」

「ほほう、それは結構なことだが、それでは親は何をしておる？　まさか霞を食って生きているとは申すまいな」

森はずいぶん人を見下したことをいう。そばにいる千早はむかっ腹を立てて、森をにらんだが、金三郎は意にも介さないという体だ。

「此度の件はわたしの実家には関係のないことだ」

「何か邪《よこしま》なことでもあるから隠すと申すか」

「別段隠すわけではござらぬ」

「なら申せ」

金三郎は仕方ないというように、唇を撫でて、ひとつため息をついた。

「父親は御勘定組頭を務める小川作右衛門と申す。屋敷は麴町《こうじまち》隼町《はやぶさちょう》にある」

さらりといってのけたが、森は驚いたように口を開けた。勘定組頭は勘定奉行の属領筆頭であり、五百石取りの大身旗本である。組頭には十人前後が充てられているが、組頭から勘定奉行に出世することも大いに考えられる重職である。

「ま、まことか。まさかたわけをぬかしているのではあるまいな」

森と同じように千早も驚いていた。

「申せといわれたから、そのように申したに過ぎぬ。わたしは、名から察せられると思うが、金三郎と申す三男坊。部屋住みが嫌いだから気ままな独り暮らしをしているだけで、別にやましいことをしているのではござらぬ」

「ほんとに御勘定組頭の……」

「嘘だと思われるなら、御勘定所に行って調べられるか、麹町の実家を訪ねられればよかろう」

「そ、そうであったか。いや、そうとは知らず……」

森は額に冷や汗を浮かべていた。

「ともかく、わたしどもの申したことに嘘はござらぬ。よく吟味されるがよかろう」

「あ、相わかった。わかってはおろうが、ともかくこの調べが落着するまでは江戸を離れてはならぬ。よいな」

森は最後には役人らしいことをいって、千早の店を出て行った。

「金さん、ほんとにお父上は御勘定所のお役人なの？」

森の姿がすっかり消えてから千早は金三郎を見た。

「そうさ。だが、親父殿は親父殿だ。おれには縁のないことだ」

「旗本の生まれだとは聞いていたけど、まさかそんな家柄だったとは……」

「まあ、このことは曲げて内聞に願うよ。暮らしづらくなるのはいやだからな。それより、お夏のことをどうするかだ」

「そうだわ。あの役人は口では捜すといってくれたけど、あてにできそうもないし、なんとかしなきゃ……」

そういった千早は伊平次の顔を頭に浮かべたが、すぐに思い直した。

「まずはお民さんに話を聞くべきじゃないかしら」

「うむ。おれもそう考えていたところだ」

六

「石尾家にはちゃんと知らせは出したのですが、おりくさんもついに見えず、どうしたのだろうかと親戚の者と話していたんです」

お民は小さな目をしょぼつかせながら、千早と金三郎に茶を差し出した。

「石尾家と往き来はあったんでしょう」

千早はのぞき込むようにしてお民に聞く。

「おりくさんが嫁がれてしばらくはありましたが……」

お民は言葉を濁し、膝の上の手をモジモジさせた。

「最近はなかったというわけだ。だが、おれは何度か石尾釜之助に会っている」

金三郎は茶に口をつけた。

「それが半年ほど前からおかしくなりまして、うちの人はもう付き合いをやめるようなことをいっておりました」

「なぜ？」

千早は唐紙越しの明かりを受けたお民を見つめた。

「……石尾さんに何度かお金を都合していたんです。役目を解かれる前からあの家は生計《たつき》が苦しいらしくて……うちの人はおりくさんのことを不憫《ふびん》に思ったんでしょう。石尾さんはいずれ返すと約束していたそうですが、一度たりと返してもらったことはありませんでした。でも、なぜ石尾さんのことを？」

お民は千早と金三郎を交互に見た。

千早が金三郎を見ると、隠してもいずれわかることだという。

「じつは昨夜大変なことがあったの」

「大変なことって……」

小さな目を大きくするお民に、千早は昨夜の出来事を包み隠さず話した。

「それじゃ石尾さんは殺されてしまったと……」

お民は声をなくして息を呑んだ。それからおりくはどうなったのだと聞く。

「おりくさんは家にはいなかったわ」

「どうなってるの？」

「それはわからない。お民さんに心当たりはないかしら？」

お民は視線をめぐらして、戒名の書かれた小さな仏壇に目を向けた。そこには火の消えた線香が一本立っていた。

「どうしていなかったのかしら。ひょっとすると……」

「ひょっとすると、なに？」

居間の縁に腰かけている千早は身を乗り出した。お民が顔を向けてくる。

「うちの人はくわしく話してくれなかったけど、おりくさんは石尾さんにずいぶんひどい目にあっていたようなんです。……何でも石尾さんは癇癪《かんしゃく》を起こしては、おりくさんを詰《なじ》ったりぶったりしていたようなんです。一度嫁いだ手前、おりくさんは辛抱していたようですが、近ごろは生傷が絶えなかったようなことを、うちの人から聞いたことがあります。役目を解かれてから、一層ひどくなったようで……」

「それじゃどこかに逃げているかもしれないということ？」

「……かもしれません」

「それじゃどこに逃げてるのかしら？」

「葬式に来た親戚の人は何もいわなかったから……そうなると、知り合いの家ということかしら……」

「その知り合いに心当たりはある？」

お民は首を振った。

千早は肩を落とした。重苦しい沈黙が短く下りた。長屋の路地奥で、楽しそうな子供たちの笑い声がしていた。

「あの、それでうちの人を殺した下手人のことはどうなってるんでしょう」

顔を上げたお民が目をしばたたいた。お民にとって、何よりも気になっているのはそのことなのだろう。

「……まだ、わかっていないみたい」

千早の返答を聞いたお民は短い吐息をついた。

「ねえ、お民さん。おりくさんと親しく付き合っていた人を知っていれば教えてくれない？」

お民は目を宙の一点に据え、考えながら何人かの名を口にした。

それからすぐに、千早と金三郎はお民の家を出た。

「……仕事どころじゃないな」

長屋の表に出てから、金三郎がぽつりといった。千早は黙って金三郎を見返した。

「お夏はどうなっているかしら……」

千早は夏のことが気になって仕方ない。

金三郎は何も答えずに歩く。千早は通りの先を見ながら、夏のことを心配し、石尾釜之助を殺したと思われる三人の侍のことを頭に浮かべた。

考えるのはそれだけではない。おりくのことも、常五郎殺しもある。それに石尾の懐にあった大金二十両。それは辻番のほうで保管しているはずだ。当然、小人目付の森もその金に不審を抱いているだろう。

石尾は暮らしに窮していたはずだ。常五郎からも金を借りていたという。それなのに二十両という大金を持っていた。役目を解かれれば、当然扶持はない。それに仕事をしていた節もないし、石尾の屋敷を見たかぎり内職をしていた様子もなかった。いったいどういう金なのだろうか。

「……おりくの行方を捜すのが先だろう」

金三郎が立ち止まっていった。

「お民さんから聞いた名があったな。おりくと親しかったという者たちだ。まずはそっちからあたっていこう。お夏の安否は気になるが、何の手がかりもないのだ」

諭すようにいう金三郎に、千早もそうするしかないと思った。それで手分けして捜すことにした。

常五郎とおりくはたった二人だけの兄妹で、すでに両親は他界していたので、実家もなかった。千早はそれでも二人が生まれ育ったという、下谷御切手町《おきってちょう》にある長屋に行った。同町は上野寛永寺の東にある町屋だった。

常五郎やおりくを知っている者は少なからずいた。

「おりくさんが御武家に嫁ぐというんで、ずいぶん羨ましがったものだよ。親が死んだのは嫁入りしてすぐだったが、常五郎はいっぱしの大工になったし、娘は御武家の嫁に行ったと、二親は大層喜んでいたもんだ」

そういうのは、同じ長屋に長く住んでいる隠居老人だった。以前は指物師だったらしいが、六十の坂に入って仕事をやめたと、のんびりと煙管を吹かした。

「おりくさんと仲の良かった人を誰か知りませんか？」

くわしい経緯は話さずに聞いていたが、相手は頓着しなかった。

「気さくでいい子だったから友達は多かったね。一番の仲良しだったのはお菊だろう。深川の紙問屋に奉公に行って、そのまま同じ店の手代といっしょになったと聞いてるよ」

「何という店です？」

「春野屋といったかな。何でも深川じゃ三本の指に入る大きな店らしいよ」

「他に仲のよかった人はいませんか？」

「他に……そうだね」

隠居は二、三人の名を口にしたが、そのうちの二人は死んでおり、ひとりは品川に嫁いでいるといった。品川に嫁いだのはお道という女で、相模屋という旅籠に奉公していたらしい。そのことを頭に入れた千早は、深川に足を向けた。

七

春野屋という紙問屋は、深川に入ってすぐにわかった。油堀に架かる千鳥橋のすぐそば、深川加賀町に店は構えてあった。

店を訪ね、お菊の名を口にすると、奉公人が新造という手代に取り次いでくれて、当の本人がすぐに現れた。色の白い三十前のすらりとした色男だった。

「おりくさんなら家におりますよ」

おりくのことを訊ねると、新造はあっさりといった。

「今もいるんですね」

「ええ、十日も前だったでしょうか、しばらく泊めてくれないかといってきましてね、女房もわけを聞いてそうしてくれと申すので……何でもご亭主にずいぶんひどい目にあったそうで、顔を腫らして、腕を怪我していましたよ」

「すみません、どうしても伝えなければならないことがあるんです。家はどちらでしょうか？」

新造はわかりやすく教えてくれた。

春野屋を出た千早は一刻を争うように、足を急がせた。緑橋を渡り、深川一色町に入ると、三つ目の路地を入った。出会った長屋のおかみにお菊の家を聞くと、井戸の先がそうだという。長屋は二間ある棟割長屋で、お菊の家は裏庭もついているという風通しと日当たりのよいところだった。

開け放しの戸口に立つと、居間で茶飲み話をしていた二人の女が、小首をかしげて見てきた。千早は訊ねるまでもなく、どっちがおりくだかすぐにわかった。それほどまでに常五郎に似ていたのだ。

「おりくさんですね」

千早は常五郎に似ている女を見ていった。

「そうですが……」

千早は自分のことを口にして、常五郎が死んだことをまず話した。おりくは話を聞くなり、膝から湯呑みを取り落とした。

「に、兄さんがほんとに……」

おりくはこれ以上開かないというぐらいに目を瞠った。

「お民さんは知らせたそうですけど、伝わらなかったようなことをいっていました」

「どうして死んだりなんかしたんです。病気にでもかかったんですか？　それとも仕事中に怪我でもして……」

千早は頭を振ることでおりくの言葉を遮った。

「いいづらいことなんですけど、殺されたようなんです」

「えっ！……殺された?!」

つづく、「どうして」という声はかすれていた。

「伝えなきゃならないのはそれだけじゃないの」

千早は普段の口調に戻ってつづけた。

「あなたのご亭主の釜之助さんも何者かに殺されてしまったの」

おりくは声もなく、あわあわと口を動かした。隣にいたお菊も突然のことに声をなくしていた。

「ともかく一度家に帰ったらどうかしら」

「も、もちろん、すぐに帰ります。お菊ちゃん、ごめんね。何だかわたしの知らないうちに大変なことになっているみたい」

おりくはお菊に謝ると、取るものも取りあえず下駄を突っかけて家を出てきた。そのまま千早といっしょに小石川の家に急いだ。

あまりにも突然のことにおりくは動転していたが、まだ実感がわかないのか、信じられない顔をしてもいた。千早は努めて冷静になって、ことの次第をわかりやすく説明したが、もちろんわからないことは多い。だから自分の知っているかぎりのことを、おりくの心情を汲みながら話してやった。

言葉をかわすうちに、おりくが相当の覚悟で家を飛び出したことがわかった。石尾釜之助に嫁いだおりくは、結婚当初は幸せな家庭生活を送っていたが、そのうちに石尾が癇癪持ちだということがわかった。それでも暴力やいびりとも取れる妻いじめは、さほどではなかった。ところが、小十人組内で何があったのかわからないが、半年ほど前からおりくに対する態度が急変した。

——夫の苦労も知らずに、わかった口を利くでない。

——口答えするな！

些細なことで石尾は声を荒らげ、ものを投げつけたという。それでも気が収まらないときには、おりくの髪をつかみ、頬をぶち、投げ飛ばしたり蹴ったりしたらしい。

そうなってからはいつも離縁を考えていたと、おりくは唇を噛みながらいった。しかし、妻から離縁することができないのが江戸の仕来り。三行半《みくだりはん》を突きつけられなければ、離縁は成立しない。ゆえに、おりくは耐えるしかなかった。

夫が荒れるのは、下級武士だというひがみと生来の短気と癇癪が原因だったのではないかとおりくは話した。扶持も満足ではなかったので、暮らしはいつも苦しかったが、それでもおりくが切り詰めることで何とかしのいできたらしい。しかし、それも石尾が役目を解かれたあとはどうにもならず、再三再四、兄の常五郎に借金をしたという。

その度に、おりくはもちろん石尾も頭を下げて、必ず返済すると約束したらしい。

「いくらぐらい用立ててもらっていたの？」

「何だかんだで二十両近かったと思います。夫はしまいには、大事な脇差を三両で流すということもしたのですが……」

千早は遠くの空を見ながら歩き、石尾の懐にあった財布を思い出した。おりくは話をするうちに、少し落ち着きを取り戻していた。

「禄もなくなっていたのね」

「あの人は抱入でしたので……」

おりくはうつむいてつぶやいた。御家人には、譜代《ふだい》・二半場《にはんば》・抱入という区別がある。抱入は隠居しても家督相続をさせることができず、御家人身分を失う。しかし、多くの者は近親者を抱入として召し抱えてもらうので、家が絶えることは滅多にない。

ところが石尾釜之助は小十人組内で粗相をしたらしく、御家人の身分さえなくしていたのだ。

「わたしはあの人がどんなお役目についていたのか、またどんな失態を犯したのか、詳しいことはわかりません。ただ、ある日突然、わしは無役になったと告げられただけで……」

それ以降、生活は極端に苦しくなり、また夫の暴力も度を増したという。

「おかしなことだけど、わたしはご亭主のご臨終に接したとき、財布を見たの」

「財布……夫のでしょうか？」

「そう。なかには二十両という大金が入っていたわ」

「……二十両」

おりくは目を瞠った。

「どこからそんなお金を……」

「ともかく財布に二十両というお金が入っていたのはたしかよ」

間もなく二人はおりくの家に着いた。その屋敷で凄惨な事件があったとは思えぬほどのよい天気で、玄関には明るい午後の日が満ちていた。

「夫は……」

家に入ってすぐに、おりくが千早を見た。

「辻番に運ばれたので、まだそっちだと思うけど」

そういったとき、はじめておりくは悲しみの色を顔ににじませた。

それから閉まっていた雨戸を開けて風を入れ、まるで他人の家を探るようにして、一間一間を見てまわった。

千早はその様子を黙って見ていた。石尾釜之助を殺した下手人の手がかりをつかめれば、夏を救い出すことができるかもしれない。いや、そうでなければならないのだ。

おりくは家のなかを見てまわると、黙って台所に立ち雑巾を絞り、何かに取り憑《つ》かれたような顔で畳についた血痕を拭きはじめた。血は黒く変色していたが、水を吸った雑巾に拭かれると、赤い色に変わった。

ゴシゴシと畳を拭く雑巾の音が家のなかに響いた。表には鳥たちののどかなさえずりがあった。千早は表に顔を向けた。決して広いといえない庭には丈の低い木が生えていた。どれも若葉を茂らせており、午後の光をまぶしく照り返していた。

ふいに雑巾の音が聞こえなくなったので顔を戻すと、おりくが畳の間に四つん這いになったまま思案に耽《ふけ》った顔をしていた。

「もしや、佐久間という人では……」

おりくがつぶやきを漏らした。

「佐久間……」

おりくの顔が千早に向けられた。

「ええ、夫がある日いったことがあるんです。半月ほど前でした。佐久間と仕事をすることになるかもしれないと」

「佐久間さんという人はどこの誰？」

千早がおりくに近づいたそのとき、表に足音がして、

「ここだな」

という声がした。

つづいて、いきなり玄関の戸が引き開けられた。

千早とおりくは一瞬、体を貝のように固めた。

第五章　抱屋敷

一

「そのほうらは？」

入ってきた男は、千早とおりくを見るなり、眉宇をひそめた。羽織袴姿の中年の侍だった。すぐ後ろに小人目付の森千之助の顔があった。そばには小者もついている。

「これはふじ屋のおかみ、千早殿ではないか」

森が土間に入って千早に気づき、

「福西様、先に話しました石尾釜之助の死体を見つけたひとりです」

と、福西という連れの男にいった。どうやら福西は森の上役らしい。

「さようか」

福西は千早に目を注ぎ、隣のおりくを見た。

「……そなたは?」

おりくはこの家の嫁で、殺された石尾釜之助の妻だと話した。

「そうであったか。これは手間が省ける。それで、夫が殺された晩、そなたはどこへ行っておった? いずれ調べればわかることだから隠し事はならぬぞ」

おりくは緊張の面持ちで居ずまいを正すと、千早に事件を知らされ、驚いて帰ってきたばかりだと前置きして、自分がいつこの家を出てどこにいたかをつまびらかにした。福西は、おりくの心の内をのぞき込むような、鋭い視線を向けたまま耳を傾けていた。

「お調べになればわかることでございますが、申したことに嘘偽りはございません」

「……なるほど」

福西は式台に腰をおろして言葉を継いだ。

「かような仕儀になったのは何か不徳の致すことがあったに相違なかろうが、そなたはおりくと申したな。……夫とうまくいっていなかったのか。おそらくそうであろう。夫を残し、幾日も家を空けるということは尋常なことではない。それとも、夫に追い出されでもしたか……いやまあ、そのことはあとでもう一度くわしく話を聞けばよいだろう」

福西はまるで独り言のようにいうが、なかなか鋭い推察だ。

「それで遺体のことだがな、早速引き取ってもらおうか。いつまでも狭い辻番に置いておくわけにもいかぬと、思いあぐねていたのだが、ご新造がおられて助かった。森、早速その手配りをいたせ。それからおりく殿、そなたにはあらためて話を聞かねばならぬ。座敷をしばらく借りるが、よいな」

「それはもう……」

おりくが返事をすると、森が千早に茶を淹れるように指図した。人を見下した命令的な口調に、千早は腹が立ちそうになったが、我慢をして台所に立った。

その間、おりくは福西と座敷で向かい合い、あれこれと質問を受けていた。森は石尾釜之助の遺体を運ぶように、小者を辻番に走らせていた。

湯を沸かし、茶をもてなす役になった千早は、福西とおりくのやり取りに聞き耳を立てていたが、福西の訊問《じんもん》はおざなりで、事件を解決させようという熱意も感じられなかった。

「大まかにはわかった。それではおりく殿の裏を取らねばならぬ。森、おまえは深川に走り、お菊という女房の話を聞いてくるのだ。その間にわしは他の仕事を片づけておくことにする」

「承知いたしました」

森が玄関に下りたとき、石尾釜之助の遺体が到着した。間もなく、福西も帰って行き、家には還らぬ主と、妻のおりく、そして千早だけとなった。財布は石尾の胸の上に置いてあり、そのまま二十両が入っていた。

遺体は座敷に安置され、おりくは死者を敬うために着衣を整えた。生前は苦労をかけられたようだが、もはや死んだ者に罪はない。おりくは夫をいたわるように死化粧を施した。

「……おりくさん。じつはね、ご主人はいまわの際に、おりくさんに詫びてらしたのよ」

死者に対する作業をひと通り終えたおりくを見て、千早は思い出したようにいった。おりくの顔がゆっくり千早に向けられた。その顔に悲しみがないといえば嘘になるが、どこか安堵の色が浮かんでいるように見えた。

「詫びを……」

「ええ、申し訳ないことをした、すまぬすまぬと……。おりくさんにかけた苦労を詫びるように、そういって息を引き取られました」

「ほ……ほんとに……」

おりくの目に光るものが盛り上がり、つーっと頬をつたった。

「きっとご自分のことを後悔されていたのではないかしら」

「……そうでしたか」

おりくは膝の上の手をぎゅっと握りしめ、小さく肩を震わせた。

家のなかも表も静かだった。鳥の声さえ聞こえなかった。

「それで、佐久間という人をおりくさんは知っているの？」

泣き濡れた顔を上げたおりくは、か弱く首を振った。だが、これはとても大事なことのような気がしてならない。おりくはその佐久間のことを、福西にも森にもいい忘れているようだったが、千早はずっと気にかかっていた。

「ご主人と仲の良かった人に佐久間という人はいなかった？　もしくは小十人組にいたのではないの？　そうでなければ、おりくさんにそんな名など出さないはずよ」

おりくは思案顔になったが、それも長くはなかった。

「恥ずかしながら、あの人は自分の役目については、何もわたしに話したことがありませんでした。それだけでなく、どんなご友人がいらっしゃるのか、それも知らされておりません。もちろん、何人かは知っておりますが、佐久間という方はいませんでした」

「佐久間という名が出たとき、どんな方だか聞かなかったの？」

千早は真剣な眼差しを向けるが、おりくはか弱く首を振るだけだった。

「ともかく葬式の支度をしなければなりません。兄さんのこともあるというのに……」

おりくはがっくり肩を落とし、惚けたような目を天井の隅に向けた。

「そのお兄さんの常五郎さんのことですけど、悲劇が起こる前の晩に清助さんという大工仲間の家に泊まってらしたの」

おりくが気の抜けたような顔を千早に向けた。

「そのときに病気持ちだとか、長生きできないとか、常五郎さんがいったらしいの。ひょっとして、常五郎さんは悪い病気でも患っていたのかしら……おりくさんは気づいていなかった？」

おりくはまばたきもしない能面顔になっていたが、しばらくすると、それはと、蚊の鳴くような声を漏らした。

「なに？　何か知ってるの？」

「病気持ちというのは夫のことをいったのだと思います」

「ご主人のことを……」

そうだというように、おりくはうなずいた。

「夫は癇癪持ちでした。とくに役目を降ろされてからはひどくなり、わたしはずいぶん悩まされました。そのことを知った兄は、わたしといっしょに苦しみ、ひどい病気持ちの亭主を持って、おまえも苦労するなと慰められました」

「…………」

「でも武士である夫に兄は、不用意なことをいうわけにもいかず、拙宅が困っているのを知っていたので、いつも黙ってお金を都合してくれました。そんなとき、わたしにいったことがあります」

「……何て？」

「こんな暮らしじゃ、おまえも釜之助さんも長生きできないなと、それはしみじみとした顔でいいました。……おそらくそのことをいったのだと思います」

千早はそうだったのかと思った。おりくが夫に悩むように、常五郎は釜之助に頭を痛め、妹のことをも悩んでいたのだろう。

「……意固地な兄でしたが、やさしい人でした」

そういったおりくの目から涙が溢れ、涙の筋が頬をつたった。

そんな様子を見ると、力になってあげなければならないと思う千早だが、それよりも夏のことがある。人の死を蔑《ないがし》ろにするわけではないが、今は夏の救出が最優先だった。

「おりくさん、お手伝いしたいのは山々ですけど、わたしには先にやらなければならないことがあるの」

「お夏さんのことですね」

おりくは指先で涙を払ってからいった。

「そう。だから、帰っていいかしら……」

「もちろんです。どうか遠慮なさらないでください」

「そういっていただけると、助かります。でも、無事に用がすめば必ず手伝いに来ますからね」

「気にしないでください」

千早はごめんなさいと謝ってから腰を上げかけたが、もうひとつ質問をした。

「佐久間さんを知っている人いないかしら？　ご主人のお知り合いに誰か……」

「……だったら、大河内《おおこうち》さんに聞かれるとわかるかもしれません」

「大河内さん……」

小十人組の人間で、何かと石尾釜之助の世話を焼いた男だというのがわかった。それにその住まいも近くだという。さらに千早は頭をめぐらして、石尾が何か書き残しているものがあるかもしれないと思い、文机や書架を見せてもらった。だが、その類のものは見つからなかった。

ともかく、大河内家を訪ねることにした。

二

大河内彦蔵は、その朝、寝番勤めから下城し、床に就いているということだったが、千早は家の中間に無理を頼んで起こしてもらった。

寝起きの顔でやってきた大河内は、六十近い老人であったが、しゃんと背筋を伸ばして千早の前に腰をおろした。

「急ぎの用向とはいかようなことでしょう」

そのものいいと茶を飲む所作といい矍鑠《かくしゃく》としている。

「長い話になってしまいますので、大事な用件だけお訊ねしたいと思います」

千早は自分のことを紹介してから用件に入った。

「その前に、石尾釜之助さんが何者かによって刺殺されました」

「なにッ！」

茶を飲んでいた大河内は、さっと顔を上げて信じられないように目を瞠った。驚くのは無理もない。まだ、そのことを知っている者は多くないのだ。千早は手短に話した。

「石尾が……何故、そのようなことに……」

あらましを聞いた大河内は、言葉をなくし、一挙に目の覚めた顔になった。

「誰の仕業なのか、またどうしてそんなことになったのか、お目付の調べがはじまっているところです。ですが、最初に見つけたのはわたしでした。そしてもうひとり、そのときわたしといっしょにいたお夏という女が、下手人とおぼしき男らに攫われているのです」

「……どういうことだ？」

疑問はもっともだ。だが、ここまでいって何も話さないわけにはいかない。千早は経緯を話した。

「それじゃ、そなたはそやつらを捜しておられるというわけですか？」

「ある意味ではそうですが、何としてでもお夏を救い出さなければなりません」

「だが、それは同じことだ」

たしかにそうである。

「して、わしに何をお訊ねになりたい？　役に立つことがあれば何でも話すが……」

「石尾さんは、役目を解かれておりましたが、それにはいかような事情があったのでございましょうか？」

石尾の小十人組解雇は、粗相があったからだと聞いているだけで、そのじつ何があったのかわかっていなかった。石尾が殺された裏には、その解雇が関係しているかもしれないと千早は考えていた。

「詮無いことだ。そう申せば、釜之助に申し訳ないが、あれは運が悪かったという他にいいようがない。この件は構えて他言されては困ることゆえ、心して聞かれるがよい。あるいは見も知らぬ年寄りの独り言だと思ってくだされ」

「心得ました」

「……そもそも釜之助には小十人組に組み入れられるような家格はなかった。あれは寡黙ではあったが、身上がりを強く願う男で、小十人組に推挙されただけでは気が収まらなかったようだ」

石尾釜之助は御家人である。しかも抱入という身分。小十人組は平番士でも旗本であるのが条件だから、到底石尾の就ける役職ではなかった。しかし、江戸も後期になると、公儀職制人事も甘くなり、思わぬ出世をする者がいたのも歴史が証明するところで、石尾もそのひとりといえた。

石尾は小普請組《こぶしんぐみ》時代から、世話役である小普請支配役に盛んな「就職活動」をしていた。本来なら小十人組への編入などないのだが、支配役の推挙によって小十人組入りを果たした。無論、彼の熱心な「就職活動」だけで、支配役が動いたのではなかった。支配役は石尾の出世の見返りとして俸禄の半分を、向こう二年間要求したのである。

小十人組は平番士でも百石取りであるから、相当な副収入になる。だが、石尾はその条件を呑み、出世を果たした。そこまではよかったが、石尾はさらなる出世を望み、上役の番頭《ばんがしら》はおろか、畑違いの勘定奉行の役宅に休日を除いて日参していたというのだ。これはもう「出世活動」といってよいだろう。

だが、度を過ぎれば人の目に余る。出る杭は打たれると同じで、石尾のことをひそかに調べた番士がいた。その調べによって、小普請組支配役・青木次郎左衛門への賄賂が発覚したのである。

よって、石尾は解雇となった。ことが大きくならなかったのは、青木の人脈と、幕政の裏にかなりの力があったかららしいが、そのあたりのことは、大河内彦蔵の知るところではなかった。

「小十人組で辛抱しておればよかったものを、石尾は図に乗ってしまったのだ。組内では人付き合いが悪いと陰口をいわれておったが、そのじつ交際の費えがなかったのだ。そりゃそうだろう、俸禄の半分を青木様に進呈しなければならなかったのだからな。ともかく、石尾が役目を解かれた裏にはそんなことがあったのだ」

「なるほど、そうだったのですか……」

千早は開け放してある障子の向こうに視線を投げた。きれいに手入れをされた庭には、明るい午後の日射しがあたっていた。

石尾解雇の裏に、今回の事件の真相が隠されているのではないかと考えていたが、どうやら的外れだったようだ。

「それで佐久間さんという方をご存知ありませんか？」

顔を戻して聞いた。

「佐久間……はて、それは……」

「石尾さんは亡くなる前に、ご新造のおりくさんに佐久間さんと仕事をすることになるかもしれないと、漏らしていたのです」

「すると、佐久間与右衛門であろうか……」

千早は切れ長の目を瞠った。

「佐久間与右衛門……その方は？」

「同じ小十人組にいた者だ。長患いをして役目を退いたのだが、それまでは石尾と親しくしていた。もっとも、石尾は佐久間の家来だという者もいたが……」

「佐久間さんは、今は何を……？」

「病は平癒したと風の噂で聞いたことはあるが、今は何もしていないはずだ」

「お屋敷はわかりますか？」

「たしか水道橋のほうだったはずだ」

大河内は記憶に間違いがなければと、住所を口にした。

佐久間の家を頭に刻みつけた千早は、大河内に丁重な礼を述べて水道橋に急いだ。

三

神田上水を日本橋方面へ通す掛け樋《どい》が見える。一方は崖になっており、そこに藤の花が咲きほこっていた。見ごろは過ぎているが、それでも人の目を楽しませているようだ。

千早は水道橋の上で立ち止まって、しばらく藤の花を眺めた。花の群れは暗い崖に垂れ下がるように咲いている。

千早は夏のことを思った。どこにいるのかわからないが、必死に助けを求めているはずだ。

「……お夏」

小さくつぶやいて、まばゆい空をあおぎ見、どこにいるのと、胸の内でささやいた。

それから橋を渡り、左に折れて小栗坂を下った。佐久間与右衛門の家は、その坂の下にあるということだった。

佐久間の家はすぐにわかった。周囲の屋敷に比べると、小さな家だ。門の前に立って、しばらく考えた。直接訪ねていいものかどうか。もし、佐久間が今回の事件にからんでいるなら……。石尾はいっしょに仕事をするようなことを口にしているのだ。

門の隙間から庭と母屋をのぞきながら、様子をみるべきではないかと思った。それに、ここに来て妙な胸騒ぎがする。目の前の家は静かだ。玄関の戸も、雨戸も人の侵入を阻むように閉められている。家人は留守なのだろうか？

千早は佐久間の家を離れた。しばらく行って振り返り、金三郎にこのことを知らせるべきだと思った。もし、佐久間が例の三人のひとりであったなら、女ひとりで訪ねるのは危険すぎる。帰ろうと、きびすを返した千早だが、またすぐに立ち止まった。

夏がすぐそばにいるような気がする。佐久間与右衛門の家に閉じこめられているのではないだろうか。もし、そうなら助けなければならない。

千早は、まわりを見回した。武家地は静かで閑散としている。身を隠すようなところはない。だが、少し行ったところに、小さなお稲荷さんの祠《ほこら》があった。椿や黄楊《つげ》の植え込みがあり、かろうじて身を隠すことができた。

待った――。

半刻、一刻と時間が過ぎてゆく。

雲の悪戯で日が翳《かげ》ったり、また明るくなったりを繰り返す。植え込みにじっと身をひそめ、佐久間家を見張る千早の胸にはいろんなことが去来していた。その大半を占めているのが夏のことだった。

石置場に佇んでいた夏、酒に酔って無邪気にはしゃぐ夏、物憂げに煎餅を齧る夏、裾をからげ下駄音をさせて駆け戻ってくる夏。大きくて澄んだ無垢な目。ときに頬をふくらませ、口をとがらせる夏。

男に押さえつけられ、必死に逃げろと訴えかけたあの夜の、夏の顔を思い出した千早は、唇を噛んだ。だが、男の顔はいっこうに思い出すことができない。見えなかったのだ。他の男たちの顔もまったくわからない。

いつしか日が傾きはじめていた。前を通りすぎた何人かの侍の影が長くなっていた。千早に気づく者もいたが、その度に願掛けをするように手を合わせたので、疑われはしなかったはずだ。しかし、佐久間の家に人のやってくる気配はない。また、家から出ていく者もいなかった。

自分のやっていることに段々不安を覚えた。今ごろ金三郎はどこで何をしているのだろうか。石尾釜之助の妻おりくを捜しているはずだが、それはもう千早にはわかっている。金三郎の探索は徒労になるはずだから、教えなければならないが……。

千早はほんのり赤みを帯びはじめた雲を眺めた。

どこかの屋敷に奉公する女が通り過ぎてしばらくしたときだった。小栗坂を下ってくるひとりの侍の姿があった。

目を留めたのは、その侍が着流しだったからである。このあたりを歩く侍は、中間《ちゅうげん》や小者以外みな袴をつけていた。それゆえに、千早の目を引く男だった。

祠の陰に身を寄せて見守っていると、着流しの侍は躊躇いもなく佐久間与右衛門の家に入っていった。千早は柳眉をぴくりと動かして、息を止めた。

佐久間なのか……。やがて門の引き戸が閉められ、男の姿が屋敷に消えた。

どうすればいいのだろうか。通りを眺めるが、人の姿はない。仲間はいないようだ。

訪ねるべきかどうか迷った。だが、自然に千早の足は動いていた。門の前に行き、様子を窺った。雨戸の開けられる様子はない。玄関の戸も閉まったままだ。

千早は坂を少し上り、他家の門の陰に身を寄せた。佐久間の家に入った男は、小半刻もせずに家を出てきた。七つ半（午後五時）を知らせる鐘音が空を渡っていった。もうそんな時刻なのだと思ったとき、例の男が千早のそばを通り過ぎていった。

その刹那《せつな》、目と目が合った。千早は一瞬どきりとしたが、男は気にすることもなく坂を上っていった。四十過ぎと思われる男で、無精髭を生やしたままだった。月代《さかやき》も剃られていなかった。何となく疲れているようで、顔色も冴えなかった。

男の姿が通りから消えると、千早は佐久間の家に引き返した。今度は門の引き戸を開け、屋敷内に入った。玄関に耳をつけ、それから足音を忍ばせて縁側に回り込んだ。じっと耳をすましていると、家のなかから衣擦《きぬず》れの音と、人のうめくような声が聞こえた。

誰かいるのだ。聞こえる声は苦しそうである。

まさか、夏では……。

いや、そんな気がしてならない。もう一度門まで戻って、通りを眺めた。人の気配はない。後戻りをして玄関の戸に手をかけた。心の臓がドキドキと高鳴っていた。戸はするりと横に滑った。三和土に光が射し込み、式台があわく照らされた。

屋内は暗いが、座敷と廊下が見える。息を殺していると、また畳を擦る音と苦しそうなうめき声が聞こえた。そっちに目を向けた千早は、勇を鼓して式台に足をかけて上がり込んだ。

「どなたかいらっしゃるの？」

恐る恐る声をかけると、バタバタと足で畳を蹴るような音がした。同時にうめき声が大きくなった。奥座敷から声はする。一間を横切った千早は襖に手をかけた。雨戸の隙間から光の筋が射していた。

襖を開けた。とたん、息を呑んだ。女が猿ぐつわを嚙ませられ、柱に縛りつけられていたのだ。

「……お夏」

声を殺したつもりだが、思いの外大きかった。夏は千早が来たことに安堵《あんど》したのか、目を潤ませていた。

「今、助けるから。生きていてよかった。もしや、殺されたのではないかと気が気でなかったのよ」

いいながら柱の後ろにまわされた手首の縄を解くのに必死になったが、慌てているせいで上手くいかない。夏が、ううぅと、盛んにうなるようにうめく。それで先に猿ぐつわを解くべきだと気づいた。

「ごめん、今楽にしてあげるから。それにしてもきついわねこの紐は」

夏はそんなことはどうでもいいから早く解けという目をする。ようやく猿ぐつわを解いた。夏は、はあはあと息継ぎをした。

「……大丈夫？」

「千早さん、怖かったよ。殺されるところだったんだよ。でも、でも……」

夏はしくしく泣きはじめた。

「泣かなくていいから、話はあとで聞くから」

千早は腕の縄を解くのに必死だ。

「だって、だってほんとに怖かったんだもん」

「わかっているわよ。心細かっただろうね」

千早ももらい泣きしそうになった。

「千早さん、包丁。台所に行って包丁探してそれで切ればいいのよ」

いわれてそうだと気づいた。

「待ってて、すぐに助けるから」

千早は座敷を横切り台所に駆けて行った。包丁はすぐに見つかった。急いで取って返す。そのとき玄関の戸がガラリと開く音がした。思いもよらぬことに千早は足を止め、そのまま金縛りにあったように立ちすくんでしまった。

最前の男が戻ってきたのだった。男がじっとにらむように見てきた。

「誰だ？」

千早は答えることができない。男が式台を上がり、近づいてくる。逃げなければならないが、蛇ににらまれた蛙のように動けない。夏が何かわめいていたが、千早は何もできなかった。それでも男が目の前に立ったとき、手にした包丁で斬りかかった。

あっさり腕を払われ、その手をねじ上げられて、畳に倒された。つぎの瞬間、腹を強く打たれ、あっけなく意識を失ってしまった。

四

「ううっ、うう……ううっ……」

すぐそばでそんな声がする。

千早は重たい瞼をゆっくりこじ開けると、軽く首を振った。

「ううっ、ううっ」

うめき声がはっきり耳に届いた。千早は声のほうを向いた。猿ぐつわをされた夏の目と合った。

「うう、ううっ……」

千早もうめき声しか出せない。自分も猿ぐつわを嚙まされているのだ。

「ううっ、ううっ、うう……」

夏が何かを訴えている。なに、なによと問いかける自分の声も、「うう、うう」と、うめき声にしかならない。千早は体を動かした。縄で縛られている。それも夏と同じ柱に。ちょうど背中を向け合う恰好である。

ううっと、うめきながら夏と視線を合わせた。夏は大きな目で自分の肩を顎のあたりで必死に引っかく。何度も同じことをやる。その度に、千早を見て何かを訴える。

わかった。猿ぐつわをそうやって解けといっているのだ。現に夏の猿ぐつわは少しゆるんでいる。千早が真似をする、夏がそうだというようにうなずいた。

二人は必死になって、猿ぐつわを外すために、自分の口を閉ざしている紐を肩にすりつけた。そうしながら体も動かす。柱と自分を縛りつけている縄がゆるまりそうだ。

千早は猿ぐつわを外すために首を動かし、体の縛《いまし》めを解くために、体をもがかせた。いったいどのくらい気を失っていたのかわからないが、雨戸の隙間から射し込む光が弱くなっている。外はもう暮れているようだ。

ぷはっと、大きく息を吐く音が背後でした。つづいて、夏の声。

「外れたわ。千早さん猿ぐつわが外れた」

「ううっ。ううっ……」

「頑張って、何度も同じことをするのよ」

「ううっ……」

夏は体を盛んに動かしている。今度は体の縛めを解こうとしているのだ。

「千早さん、手の縄がもう少しで外れそう。これさえ外せたら何とかなるから、頑張って」

「うう、ううっ」

夏に応じたいが、千早は言葉にすることができない。聞きたいことは山ほどあるが、しゃべれないので何も聞くことができない。

「もうちょっとで外れそう。ねえ、千早さんはどう？」

千早はもう応じるのはやめた。その代わり、猿ぐつわを外すことに専念した。

「外れた？」

まだよ、と答えたいが、どうせうめき声しか出せないので無視した。代わりに猿ぐつわを外そうと懸命になる。

「何度もあきらめずにやるのよ。口のところを肩にすりつけて、外してやるんだとあきらめないで。でも、この手の縄は外れそうで外れない。きつく縛りやがって……」

自由にしゃべれるようになった夏は独り言を繰り返す。千早は猿ぐつわを外すのが精いっぱいだ。猿ぐつわの紐をすりつける肩がひりひりしてきた。

「……ああ、駄目だ。外れない。そっちはどう？」

もうちょっとだと答えたいが、声は出せない。千早はひりつく肩の痛みをこらえて首を動かしつづける。肩の皮膚がすりむけたようだ。痛みがさっきより増した。その代わり、紐がゆるみはじめている。背後で夏が必死に手と体を動かしている。

「頑張って千早さん。この手の縄が外れさえすれば、逃げられるわ。あいつら、誰かを殺す気なのよ」

え、それは誰？　千早は胸の内で問いかける。

「さっき来たのは佐久間っていうの。この家の当主よ。あと仲間が二人いるの。その二人は天誅《てんちゅう》を下すとか何とか、そんなことをいっていたわ。常五郎さんを殺したのもやつらなのよ」

それじゃ石尾釜之助も彼らに殺されたのか？　そう聞きたいが、夏は違うことを話す。

「下谷の抱屋敷《かかえ》が云々といっていたわ。そこの屋敷で何か企てているようなの。何だか大変なことをやるみたいよ」

いっていることがよくわからない。千早の猿ぐつわが外れそうになっていた。

「ねえ、千早さん。どうなの。あたしの手が外れない。手がひりひりするわ」

千早は黙って猿ぐつわを外そうと必死になっていた。首の後ろが凝りはじめている。肩の皮膚がひりつくのを通り越して痛くなった。だが、我慢して首を動かしつづけているうちに、ぽろっと猿ぐつわが口から外れた。

千早は大きく息を吐いて吸った。同じことを何度か繰り返すうちに楽になった。

「お夏、外れたわ。そっちの手はどう？」

「まだよ。でも、しゃべれるようになってよかった」

「それよりさっきの男は佐久間といったわね」

「そうよ」

「佐久間与右衛門だわ。石尾さんに仕事を持ちかけていた男よ。さっき、何か企んでいるとかいっていたけど、どういうこと？」

「くわしいことはわからない。でも、大垣がどうの、代官がどうのとかそんなことを話していた。佐久間らはその代官の命を狙っているようなの」

「なぜ？」

「そんなことあたしにはわからない。やつら、ひそひそ声でしか話さないから。でも、三人の名は知ってるわ。ひとりは佐久間で、あとは茂原と横井という男よ。茂原と横井は大垣から出てきたといっていたわ。ねえ、千早さん。体をこうやって動かして」

夏が縛られている体をくねらせるように動かした。

「そのうちに縄がゆるむはずよ。でも、この手がなかなか抜けない。ちくしょ……」

早く逃げなければならないという焦りはあるが、千早は落ち着け落ち着けと自分にいい聞かせた。夏と同じように体を動かした。縛めはさっきよりゆるくなっている気がする。雨戸の隙間から射し込んでいた光はもう見えなくなっていた。

「お夏、よく無事だったわね。ひょっとしたら、大変なことになったんじゃないかしらと心配していたのよ」

「あたしも殺されるかと思った。だけど、さっきの佐久間がこの女に罪はないからといって助けてくれたの。無用な殺しはたくさんだみたいなことをいって……」

「それじゃあんたを捕まえたのは他の男……」

「横井という男よ。あのまま石尾さんの家に連れてゆかれて、そこで殺されそうになったんだけど、佐久間が止めてくれたの。それからここに連れてこられてずっと縛られっぱなし」

「怖かっただろうね」

「怖かったなんてもんじゃなかったわよ。横井って男は、何かあると始末したほうがいいと、あたしのことをいっていたし……」

「それで男たちは三人だけなの？」

「そうみたい。ああー、ちっとも縄が外れない」

千早も体を動かしているが、ゆるみはじめている縛めはそれ以上解ける気配がない。

「お夏、少し休もう」

「あいつらが帰ってきたらどうするのよ。あたしだけじゃなく、千早さんまでこの家にいるのよ」

「わかっている。だけど、少し休もう。ほんの少し。力をためてからもう一度やるのよ」

「……わかったわ。でも、どうしてこの家がわかったの？」

千早は金三郎に夏の救出を頼み、石尾の妻おりく捜しをはじめてからのことをかいつまんで話してやった。

「それじゃお目付の役人が、あいつらを探しているのね」

夏が首をまわして目を輝かせる。

「……それは、あまり頼みにしないほうがいいみたい」

「どうして？」

「役目を解かれた石尾さんはあまりよく思われていないみたいだし、お役人も真面目に事件を片づけようという気持ちがないようなの」

「そんなことといったって、人が殺されているのよ！」

「そうだけど、町方の旦那みたいに熱心になってるとは思えないわ」

「それじゃ町方に頼めばいいのよ」

「どうやって？」

夏は息を呑んで、黙り込んだ。そうか、これじゃどうしようもないかと、がっかりした声を漏らした。話しているうちに少し体に元気が戻った。

「お夏、ともかくここから抜け出すのが何より先よ」

「そうだわ」

二人は体を動かしはじめた。なかなか縄はゆるまない。夏はお腹が空いたとか、水を飲みたいといった。

「千早さん、聞きたいことがあるの」

「なに？」

「どうやって店を出せたの？」

「何よこんなときに」

「助かるかどうかわからないじゃない。もし、殺されるようなことがあったら、知らないまま死にたくないもの」

「そんなことを……」

半ばあきれる思いだが、話すことで少しは恐怖心が薄れるかもしれないと千早は思った。

「……わたしの父は浜御殿《はまごてん》奉行に仕える用人だったの。だけど、御奉行様が大奥のお女中と何かとんでもない問題を起こされてご追放になり、そのあおりを受けて父も用人としての職を解かれてしまったの」

「それじゃ千早さんは、御武家の出だったの……」

「父は御奉行様のことを最後まで庇《かば》ったようだけれど、どうしても受け入れてもらえず、ついには腹を切ってしまわれた」

千早は薄闇のなかの一点を凝視して、言葉を継いだ。

「大黒柱の父がいなくなり、家督相続もできなかった。母は父の死が応《こた》えたのか、重い病に罹《かか》り、あっけなく死んでしまって……」

「……兄弟は？」

「兄がひとりいたけど、この兄も御奉行様を追いつめた役人に斬りかかって、それで遠島になってしまった。残ったのはわたしひとり。さいわい父の残したわずかな財産があったので、それを整理して店の元手にしたというわけ。もっといろんなことがあったけど、簡単にいえばそんなことよ」

聞いていた夏は、深いため息をついた。

「何だか聞いちゃいけなかったかしら。悪いこと思い出させたのならごめんなさい」

「……気にしないでいいわ。とっくに心の整理はついているから。それより、早くこれを何とかしなきゃ」

千早は体を動かした。夏も思い出したように縛めを解くために体を動かしはじめた。

二人の衣擦れの音と息づかいが屋内に満ちている。

「さっき、大声出したけど、誰も聞いていないのね」

千早は思い出したようにいった。

「二人で大声上げたら誰か気づいてくれるかしら。やってみようか」

「そうね。やってみよう」

「あ、待って。外れたわ」

夏が歓喜の声を漏らして、転がるように柱から離れた。それからゆっくり立ち上がって、千早を見下ろした。

「ほら見て。すっかり外れたわ」

「それよりわたしのを……」

「今助けてあげる」

助けに来たのに、立場があべこべになっている。夏はそばに転がっていた包丁を手にした。さっき、千早が台所に取りにいったものだ。包丁で縄が切られると、千早は楽になった体のあちこちを触って、腕と首をまわした。

「ともかくここを出よう」

千早は夏をうながした。

二人揃って玄関を出た。あたりには夜の闇が立ち込めていた。星のない暗い空に月が浮かんでいる。

「とりあえず、店に戻ろう」

二人は夜道を急いだ。

五

店に辿り着いてようやく人心地ついた。

夏は居間に上がるなり、ぺたんと座り込み、しばらく放心したような顔をしていた。千早も心底、ホッとしたのだが、じっとしている場合ではないと心を戒めていた。やるべきことがある。まずは金三郎にことの次第を伝えに行かなければならない。

「ともかくお茶を飲んでから、つぎのことを考えよう」

茶を淹れた千早は、夏に湯呑みを差し出した。

「つぎのことって……？」

「このままじっとしているわけにはいかないじゃない。常五郎さんと石尾さんの死は、きっとつながっているのよ」

「どうして……？」

「さっき話したこと聞いてないの」

　千早はあきれたが、もう夏のこういった反応には慣れてきている。ぐっと自分を抑えて言葉をつないだ。

「いい、常五郎さんの妹おりくさんは、石尾釜之助さんの奥さんだったのよ。それに、常五郎さんは暮らしのきつい石尾さんにお金を都合していたの」

「ヘッ、そんなことをしていたの……」

「それに、石尾さんとおりくさんの仲はあまりよくなかった。常五郎さんはそのことも悩んでいたようなのよ。あれ、ちょっと待って……」

　千早は視線を彷徨わせて考えた。

「ひょっとすると、こういうことかもしれない」

「どういうこと？」

　夏が目を大きくする。

「常五郎さんは石尾さんを訪ねたばかりに殺されたのじゃないかしら」

「…………」

「石尾さんは、佐久間に仕事を誘いかけられていた。そして、そのことを石尾さんの家で話していた。そこへ、常五郎さんが訪ねてゆき話を聞いてしまった。そのとき佐久間が常五郎さんに気づいて……つまり、聞かれてはいけない話を聞いた常五郎さんを、放っておけなくなったということかもしれない」

「そうかもしれないけど、あいつらが常五郎さんを殺したのはたしかよ。あたし、この耳で聞いたんだもの。あ、そうすると、常五郎さん殺しの下手人をあたしは知っているってことじゃない」

「そうよ、そういうことになるのよ。こうなったら早く親分に伝えなきゃならないわ。それにやつらの行き先は……」

「下谷にあるどこかの抱屋敷……」

「居場所もわかっているってことじゃない。こうしちゃおれなくなったわ。お夏、親分の家に行くのよ」

　二人は大急ぎで伊平次の家に向かった。

「あの人だったらおかめで飲んだくれているはずよ」

　伊平次の女房おのりにいわれた千早と夏は、その足で神田佐久間町一丁目のおかめに走った。ところが、おのりの言葉どおり、伊平次はへべのレケ状態で、駆けつけてきた千早と夏にとろんとした目を向けてきた。

「ひっく、何だって、何が大変だってんだァ」

千早は夏を見て首を振った。これじゃまったく頼りにならない。

「どうする？」

夏が聞く。

「おい、一杯やれ。たまには神田の伊平次に付き合うのも悪くねえだろう、さあ、千早さん、お夏」

「親分、相手はまた今度してあげるわ。それより、早く酔いを醒ますことね」

「おいおい、せっかく来たのに、もう帰るっていうのか……」

伊平次は呂律まで回らなくなっていた。

「町方の旦那に伝えたほうがいいんじゃないかしら」

表に出るなり夏が提案した。千早もそうすべきだと思い、同心の高杉小弥太の瓢簞顔を脳裏に浮かべたが、すぐに連絡がつくかどうかわからない。

「こうなったら金さんにお願いしよう。あの人に頼むしかないわ。八丁堀まで行くよりこっちのほうが近いでしょ」

「そうしよう」

と、夏も応じる。

ところが、金三郎の長屋に行っても留守であった。木戸番に金三郎のことを聞くと、朝から姿を見ないという。

「帰ってきてないの？」

「朝出かけたきりですよ」

木戸番はそういって、何か急ぎですかと聞く。

「いいわ。それじゃわたしが捜していたと伝えてくれない？　それから、お夏はわたしといっしょだと、忘れないでいって」

「へえ、じゃあそういっときますよ」

木戸番は生欠伸を嚙み殺した。

「どうするの？」

通りを歩きながら夏が聞く。

千早はそのまま歩きつづける。誰も頼る人がいない。明日まで待っていいのかどうかわからない。しかし、新たに人が殺されるかもしれない。

「どうしよう……」

心の迷いが口をついて出た。

「下谷に行くの？」

聞かれた千早は立ち止まって、夏を見つめた。軒行灯の明かりが夏の片頬にあたっていた。店のなかから酔客の声が聞こえる。

「お夏、もう一度あの侍たちから聞いたことを教えてくれる？　下谷の抱屋敷がどうのといっていたわね」

「そう下谷の抱屋敷に行くといってたわ。そうそう、手代を殺した代官に天誅をくわえなければならないと」

「手代……どこかの店の手代のことかしら」

「さあ、それはわからない」

「他に何かいっていなかった？　よく思いだして……」

夏は目をきょろきょろさせて考えた。

「大垣がどうの、美濃《みの》の国許がどうの……そんな言葉を聞いたわ。それから、殿が国許に帰るまでとか……」

「美濃の国許……そういったのね」

うなずく夏を無視して、千早はずっと遠くに視線を投げた。

美濃、大垣……殿……。美濃国の大垣ということではないだろうか。すると、下谷の抱屋敷というのは……。千早は記憶の糸をたぐり寄せた。

たしか下谷にある抱屋敷というのは……と、遠い目をしたまま考えた。

「ひょっとすると采女正《うねめのかみ》様のお屋敷のことかしら。たしか、そうだったような……」

口にしたがあまり自信がなかった。

「采女正様……誰、それ?」

「お殿様よ、美濃国大垣藩のお殿様がたしかそうだったような気がするの」

「それじゃ行ってたしかめればいいじゃない。近くに行って聞けばわかるでしょ」

夏は向こう見ずなことをいうが、そうすべきだろう。人の命がかかっているのだ。

「よし、お夏。行ってみよう。もし、そうだったら何か手を打たなきゃならないけど、下谷につくまでに何か手立てを考えるのよ」

「まかして」

力強くいう夏だが、あまり頼れそうにない。それでも、何より行動することが先だと思う千早である。

六

「たしかあのお屋敷がそうだと思うのだけれど……」

千早は暗い夜道で立ち止まって、提灯を掲げた。長塀に囲まれた屋敷が闇夜に黒く浮かんでいる。

千早と夏がいるのは、下谷坂本町の火除道だった。

「屋敷は二つあるわ。どっち？」

たしかにそうだった。吉原に向かう一本道を挟んで右と左にある。どっちが問題の屋敷なのか、千早には見当がつかない。

近くに辻番でもあれば聞くところだが、それもない。町屋に戻って誰かに訊ねようとしたとき、すぐそばの了源院という寺からひとりの坊主が出てきた。

「あ、お坊さん」

千早が声をかけると、ひょろりと背の高い坊主が振り返った。

「そこに大きなお屋敷がありますね。采女正様の抱屋敷はどっちでしょうか？」

「采女正様なら左のお屋敷だ。お抱屋敷は下屋敷と地続きになっておる。こっちは水谷様という旗本のお屋敷だよ。……こんな刻限に訪ねても門は開けてくれぬぞ」

坊主は千早と夏を交互に見て、げじげじ眉を動かした。

「采女正様は美濃の方でしょうか？」

「そうだ美濃大垣藩のお殿様だよ」

やはりそうだったかと、千早は一方の屋敷に目を注いだ。

「それにしてもこんな刻限に、いかがされたのじゃ。奉公先を探してるようにも見えぬが……」

「ただ聞いたまでです」

坊主は「ふむ」と、うなって町屋のほうに歩き去った。

「どうするの？」

「あんたは聞いてばかりだわね。少しは考えてよ」

「考えてるわよ。何もそんないい方しなくたっていいじゃない」

夏はふくれ面になった。

「とにかく、あんたが聞いたことに間違いなければ、大変なことが起こるということとなんだけど……もし、そうでなかったら迷惑をかけることにもなるわね」

「誰によ？」

「そりゃ大垣のお殿様に決まってるでしょ。町方に知らせて騒がれ、何もなかったじゃ、ただのお騒がせ者になっちゃうでしょ」

「それじゃまるであたしの聞いたことが嘘みたいじゃないの」

「そういってるわけじゃないけど……」

千早は足を進めた。ともかく屋敷を見ておくべきだと思った。

下屋敷と地続きになっている抱屋敷は広大だった。実際、両屋敷を合わせると一万六千坪ほどあり、屋敷内には大きな池と、そこから注ぎ出る水路が流れていた。また屋敷のまわりには幅二間から三間の堀がめぐらされていた。

下屋敷は大名の別邸という性格が強いが、物資や大事な貯蔵品の蔵としても使われる。大名の供として参勤交代でやって来た勤番武士や、定府《じょうふ》の武士家族の多くは上屋敷の長屋住まいなので、下屋敷や抱屋敷にはいない。それでも管理や警護の武士が五十人から百人ほど詰めている。

屋敷を一回りした二人は、さっき坊主に会った場所に戻ってきた。

「屋敷には入れそうにないわね」

表門はもちろん、脇門や裏門も固く閉ざされていた。

「ここでじっとしていても仕方ないわ。その辺で腹ごしらえでもしようか」

「あたしもそう思っていたところなの」

夏はあっさり同意する。実際、千早も夏もろくに食事をとっていなかったので腹が空いていた。

「あんた、三人の顔を見ればわかるのね」

「もちろん。忘れもしないわ」

入ったのは下谷金杉町《かなすぎ》の菜飯屋《なめしや》だった。日光道中に面している通りで、近くには旅籠も数軒見られる。店は菜飯だけでなく、酒を出し、それに見合う肴もあった。客はそう多くなかったが、時刻が時刻だけにどの客もいいご機嫌だ。

店の隅に座った千早と夏は、菜飯を頬ばり、茶を飲み沢庵を齧った。夏が近くでうまそうに酒を飲んでいる客を見るので、

「こんなときにお酒なんて御法度よ」

と、釘を刺した。

「でも、どうして抱屋敷なのかしら……」

先に食事を終えた千早は茶を飲んでつぶやいた。

「そんなことはあの三人に聞かなきゃわからないことよ」

「そりゃそうだけど、茂原と横井という男は、代官に天誅をくわえるようなことをいったわけね」

「そんなことをいってた。と、思う」

「なに、その、と、思うというのは？」

千早はキッとした目で夏をにらんだ。

「全部が聞こえたわけじゃないもの。でも、そんなことをいっていたのはたしかよ」

「……それじゃ三人の狙っている代官が抱屋敷にいるということなのかしら」

「さあ、それは……でも、そう考えるべきじゃないのかしら」

「代官か……」

千早には代官というのがよくわからない。普通に考えると、勘定奉行の下に置かれている代官のことを頭に浮かべる。天領においての租税の徴収や地方行政を司《つかさど》る役人のことだ。江戸っ子で、奉行の用人の家に生まれた千早の知識にあるのはその程度だった。しかし、これは一般に郡代官と称される役職である。実際、美濃国にもこの郡代官は存在していた。

しかし、そんな代官が抱屋敷にいるというのが不思議なのだ。

「三人が天誅を下そうとしている代官は、二人の手代を殺したといっていたのね」

千早は独り言のようにつぶやく。

「三人というより、茂原と横井という男がいってるのよ。佐久間はその二人に雇われているみたいだし……」

「すると、石尾さんも二人に雇われたのかしら……。ははァ、そうすると茂原と横井が佐久間を雇い、その佐久間が石尾さんを誘ったということかもしれないわね」

千早はそうに違いないと思った。佐久間与右衛門は病気で役目を降りているし、石尾釜之助は役目を解かれていた。石尾は家禄があったとしてもそれは微禄だろうから、暮らしはきつかったはずだ。妻の兄から借金もしているほどだ。

「二十両……」

「なに？」

千早のふいの声に、夏がまばたきをした。

「石尾さんが持っていた二十両は、その茂原と横井からもらったのじゃないかしら。つまり、刺客料として……」

「………」

夏は千早には答えず、櫺子《れんじ》格子の向こうをじっと見ていた。

「……どうしたの？」

「あれ」

千早は夏の指さすほうを見た。往還には人の姿がある。肩を組んだ酔っぱらい、店から送り出される客、見送る女、それから二人組の浪人。

「あの二人……茂原と佐久間よ」

「えっ！」

千早は慌てて格子窓に顔をつけた。

「間違いない？」

「そうよ」

千早はさっと夏に顔を戻した。

「尾けるのよ」

七

菜飯屋を出た千早と夏は、往還を北に進む二人の男を尾けはじめた。町屋は右が下谷金杉上町、左が同下町となる。男たちはさらに先に進んでいった。

「ほんとに、間違いなかったのね」

「何度も同じこと聞かないで。何だか千早さん、わたしのいうことを信用してないみたいじゃない」

「そんなことないわよ。間違いがあったらいけないと思うからよ」

「信用してないからそんなことというのよ」

「そうじゃないって……」

こんなところで口論してもつまらないので、千早は途中で口をつぐみ、前を行く二人の背中を凝視した。佐久間与右衛門の顔なら見ればわかる。小栗坂でも見たし、夏が監禁されていた屋敷でも見ているのだ。

しばらくして二人の男は、三之輪《みのわ》町にある白河屋という旅籠に消えた。

「旅籠に入ったわ」

「このまま通り過ぎるのよ。宿のほうに顔を向けないで」

千早は夏に注意を与えながら、そのまま白河屋を通り過ぎ、しばらく行ったところで足を止めて振り返った。もう五つ半（午後九時）を過ぎており、往還を行き交う人の数はめっきり減っている。

「三人が本当になにを企んでいるのか、それを調べなきゃ……」

「だから、代官を殺すことだっていってるじゃない」

「どんな企てを立てているのかそれを調べるのよ」

白河屋をにらむように見ていた千早は、真剣な眼差しを夏に向けた。

「あの三人は常五郎さんと石尾さんを殺した下手人だけれど、それは算盤《そろばん》違いだったのかもしれない。いいえ、そうだと考えていいと思う。それなら、真の狙いはお夏がいう代官殺しだと思うけど、どんな計画を立ててそのことを実行するのか、それを知るべきよ」

「知ったらどうする？」

「もちろん、町方に知らせるわ」

「今から知らせたほうがいいんじゃないかしら」

「それにはもう遅いわよ。それに三人の計画を知ってからのほうが説得しやすいわ」

「それじゃどうする？　あの旅籠に泊まるの？」

「それは危険が過ぎるわ。旅籠のなかで鉢合わせでもしたら大変よ」

「それじゃ、近くの旅籠に泊まるってこと……」

千早は一方に目を注いだ。白河屋のはす向かいに田中屋という旅籠がある。

「そうしよう」

千早は田中屋に向かった。

小半刻後、千早と夏は田中屋の客間で向かい合っていた。一階奥の部屋で、厠《かわや》に近いせいか、悪臭が漂っていた。しかし、文句はいっていられない。

「まずはあの三人が白河屋のどの部屋に泊まっているかよね。こんなとき、町方はどうやって調べるのかしら」

千早はぬるくなった茶に口をつけた。

「酒手を渡して店の誰かに聞くのよ」

夏はこともなげにいう。

「誰に教えてもらったの？」

「ただ、いったまで。でも、女中だったら、こっちも女なんだからたいして疑われないんじゃないかしら」

千早はじっと夏を見つめた。

「なによ」

「たまにはいいこというじゃない。よし、それじゃわたしが話をつけてくる」

腰を上げると、夏もいっしょに行くとついてくる。

表に出ると、庇の下に置かれている天水桶の陰に身を寄せて、白河屋の玄関に目を注いだ。白河屋は二階建てだ。二階の客間と思われる障子には、明かりのついているところもあれば、暗いところもある。もし、三人が二階に泊まっていれば厄介だ。

通りにある夜商いの店が提灯を消したり、暖簾を下げたりしている。白河屋の玄関は明るいが、それもいずれ消えるだろう。しばらく待っていると、番頭とおぼしき男が白河屋の表に現れた。女中を期待したが、もう番頭でもかまわない。

「待って、女中じゃないわよ」

夏に腕をつかまれたが、

「女中が出てこなかったらそれまでよ。ここにいて」

千早は強くいって白河屋に近づいた。番頭は暖簾を下げにかかっていた。

「あの」

声をかけると、丸ぽちゃ顔の番頭が振り返った。

「……お泊まりでしょうか?」

紺木綿の単衣に前掛けをした番頭は愛想のいい笑みを浮かべた。千早は少し色っぽい笑みを口の端に浮かべ返した。

「ちょっと訊ねたいことがあるの。内緒のことだから、これを……」

そっと相手の手をつかみ、一朱銀を握らせてやった。番頭は心付けをもらったことより、千早に触れられたことのほうが嬉しそうだった。

「ここに佐久間与右衛門という侍が泊まっていると思うの」

「はい、そのお方でしたら……」

「わたしはその妻でございます」

とっさに思いついたことを口にした。

「へっ、そりゃどうも……」

「じつはあの人が浮気しちゃいないかと思って尾けてきたんです。あ、このことは内聞にお願いしたいのですけど、わかってくださいますね」

千早が意味深にいってやると、番頭は心得たように応じる。

「へ、へえ、そりゃもう。そういうことでしたら、決して他言などいたしません。口の固いのがこの商売ですから。ですが、ご心配には及びませんよ。ご主人はお仲間とお泊まりでございます」

「男同士ということ？」

「へえ、さようでございます」

「はあ、それなら安心だわ。でもどの部屋に泊まっているのかしら？」

千早はほっと安堵したように胸を押さえていった。

「一階の離れでございます。静かなところなので、気に入っておられました。いえ、本当に女の方などといっしょではございませんから、どうかご安心を」

離れの客間には裏から入ることができるのだろうか。もし、それができるなら裏口を開けてもらいたい。しかし、そんなことを聞けば、変に疑われるかもしれない。

「それじゃ夫は同輩の茂原さんと、横井さんといっしょかもしれないわね」

「よくご存じで。たしかにそうでございますよ」

「なら、よかった。変なことをお訊ねして失礼いたしました。でも、くれぐれもこのことは内聞にお願いいたしましたよ」

「へえ、へえ、よくわかっております。それじゃお気をつけてお帰りくださいませ」

人のよさそうな番頭は深く辞儀をして見送ってくれた。


このあたりは江戸の外れといってもおかしくない。市中と違い、隣家と隔てる塀などはなかった。代わりに剪定《せんてい》された篠竹の垣根が裏庭にまわされていた。勝手口もその垣根に枝折り戸がついているだけだった。

千早と夏は白河屋の庭に忍び込んでいた。小さな池があり、つくばいと鹿《しし》おどしがある。鹿おどしの竹が、一定の間隔でコンと、音を立てている。金魚の泳ぐ小さな池には、月が映り込んでいた。

「もっと先に行くのよ」

千早は足を止めた夏の背中を押した。二人ともしゃがみ込んで離れの間に近づいていた。離れは母屋から廊下を渡してあり、それで往き来できるようになっていた。その離れにはまだ明かりがあり、障子には人の影が映っている。

夏がそろりそろりと動き出した。千早はそのあとについてゆきながら、母屋から人が現れやしないだろうかと目を配っている。心の臓がドキドキと高鳴っている。

「もっと声の聞こえるところへ……そっちよ」

千早は声をひそめ、顎をしゃくった。

二人は渡り廊下の下を這ってくぐり抜けた。すると、男たちの声が聞こえるようになった。

「酒はほどほどにしておけ。もう十分だろう」

「そんな堅いことをいわずともよいではないか。今宵が最後の酒になるやもしれぬのだ」

「これは縁起でもないことを。まさか討ち漏らすとでも申すか」

「それは明日にならねばわからぬからな。もっとも、そのつもりはないが……さあ佐久間さん、あんたももう一杯どうだ」

「いや、わたしは過ぎたようだ。この辺にして先に休ませてもらう」

勧められた酒を断った佐久間が立ち上がって、障子を開けた。千早と夏は慌てて、渡り廊下の下に隠れた。

「よい月だ。それに夜風も気持ちがよい」

佐久間は空をあおぎ、大きく吐いた息を夜風に流した。

「横井、何度もしつこいが、もうやめておけ」

「これだけだ。口やかましいことを申すな」

「明日は早いのだ。寝坊されてはかなわぬからな」

「寝坊などするものか」

横井の声を聞いた佐久間が部屋のなかを振り返り、表に背を向けた。

「お代官に変更はないのでしょうな」

「調べはついている。予定が変わることはないはずだ」

「おい、もうやつは代官などではないのだ。前松《まえまつ》と呼び捨てでよい。いいや、義一郎《ぎいちろう》でいい。腐った芋虫には、呼び捨てで十分だ」

どうやら命を狙われているのは、前松義一郎という男らしい。

「それにしても代官からいきなり側役になりおるとは……わしらも虚仮《こけ》にされたものだ。なあ、そうは思わぬか、茂原」

「横井、もうそれで終わりだぞ。そこまでにしておけ。前松は明日の朝早く抱屋敷を出るのだ。酒が過ぎると、わしらの思いは遂げられぬ」

「そう何度も申すな。これで終わりだ、これで……」

佐久間が部屋に戻り、ぴしゃんと障子が閉められた。それから三人の会話がしばらく途切れ、そろそろ床に就こうという声が聞こえた。

「夏、もういいわ。帰りましょう」

「いいの」

「三人の狙いはこれでわかったわ。気づかれないように……」

千早は地を這うようにして後戻りした。

第六章　日本橋

一

千早はつぶやきを夜気に流した。開けた障子の向こうには深い闇がある。旅籠も静まり返っていた。いっとき風が強く吹いたが、今はそれもやんでいる。

千早と夏はいったん田中屋に戻っていた。

「これから金さんに知らせに行こうか……」

振り返ると、夏が舟を漕いでいる。千早はそばに行って、肩を揺すった。

「ねえお夏、金さんに知らせに行こうかどうしようか……」

目を開けた夏が寝ぼけ眼で見てくる。

「……少し休んでからじゃ駄目？　もうくたくたなのよ」

「どうしよう……」

「…………」

千早も疲れていた。その場にぺたんと座り込んで、ふうと息を吐く。朝から歩き詰めで気を張りつづけていたので、体の芯に重い鉛のようなだるさがある。監禁されていた夏の体力の消耗もわからないではない。

「……そうね。少し休もうか。今から金さんに助けを頼んでも、金さんひとりじゃどうしようもないだろうし、伊平次親分もあれじゃまだ酔っぱらったままで頼りにならないだろうからね」

「一刻、ううん二刻ぐらい休めない」

欠伸をこらえていう夏は涙目になっている。

千早はもう一度表を見た。もう四つ半（午後十一時）にはなるだろう。あの三人が動き出すのは、どんなに早くても七つ半（午前五時）ごろだと思われる。

「お夏、二刻だけ休もう……」

顔を戻していうと、夏はもうすやすやと寝息を立てていた。

千早は障子を閉めると、夏を布団に寝かせ、自分も横になった。行灯はそのままつけておくことにした。

天井を向いたまま二刻で起きるのだと自分にいい聞かせる。起きたらすぐに金三郎と伊平次の家に行く。心の内で念を押しているうちに瞼が重くなった。

泥のような眠りから目が覚めた千早は、一瞬、自分がどこにいるのかわからなかった。廊下に足音が聞こえて、ようやく旅籠に泊まっていたのだと思い出した。足音は厠に向かい、間もなくするとまた部屋の前の廊下を過ぎて帳場のほうに向かった。もう旅籠の奉公人たちが起き出しているのだ。

すると今何刻だろうと思って、さっと半身を起こした。部屋にはやわらかな行灯の明かりがあった。夏はあられもない姿で寝ていた。太股を露わにし、乱れた襟元には白くて大きな乳房がちらりとのぞいている。

千早は障子を開けて外を見た。まだ、暗い。昨夜見えなかった星がまたたいていた。月は西のほうに移動したらしく、そこからは見ることができなかった。

「お夏、起きて……起きるのよ……」

体を揺さぶってやると、夏が目を覚ました。

「もう朝よ」

「……何刻？」

「わからない。でも旅籠の人が起きているから、間もなく夜が明けるはずよ」

千早は着物を直し、髪を手のひらで押さえた。熟睡したお陰で疲れが取れていた。

「ともかく金さんと親分に知らせなきゃ。さあ、起きて」

夏はのろのろと起き上がった。

二人は着物を整えるとすぐに旅籠を出た。朝の冷気に包まれると、すっかり眠気は飛んでしまった。通りはまだ濃い闇に包まれているが、東の空はほんのりと白みはじめている。

二人は神田に足を急がせた。往還につらなる商家もまだ開いているところはない。ときどき、野良犬が道を横切るぐらいで人の姿もなかった。

上野広小路に着いたとき、東の空がかすかな朝焼けに染まり、寛永寺の時の鐘が七つ半（午前五時）を知らせた。もうそこから神田花房町まで半里もない。

「ちょっと寝過ごしてしまったようだわ。急ごう」

千早は小走りになった。朝が苦手な夏も文句もいわずついてくる。

小半刻もせず、金三郎の住む茂兵衛店に入った。舟を漕いでいる木戸番を無視し、長屋の路地を進むと、金三郎の家の戸をたたいた。近所迷惑は承知のうえだ。

「金さん、起きて。千早よ。金さん」

すぐに「待て」という返事があった。

ごそごそ音がして、腰高障子ががらりと引き開けられた。

「どうした？　こんな朝っぱらから。それに昨日はずいぶん捜しまわったのだぞ。木戸番からお夏が見つかったようなことは聞いたが……」

そういう金三郎は夏に目を向けていた。

「いいから入れ」

千早と夏は布団の敷かれたままの狭い家に入った。金三郎は煙管に火をつけて、起きがけの煙草を呑んだ。その間、千早は昨日の出来事を早口でまくし立てた。ときどき、夏も口を挟み、補足する。

「それじゃその三人は奸賊《かんぞく》ということじゃないか」

「そうなのよ。だからじっとしていられないでしょ。あの三人はこれから人を斬るのよ」

「待て、待て」

手を上げて制した金三郎は、吸い終わった煙管を灰吹きに置いて、腕を組んだ。

「話からすると前松義一郎という側役は大垣藩の代官だったのだな」

「そんなことをいっていたわ。その前松が二人の手代を殺したんだって」

夏が答えた。

「手代……代官……そうか」

「なによ。のんびりしたことといわないで」

千早は声を荒らげた。

「おそらくこういうことだろう。大垣藩の代官というのは十人ほどいる郡方の役人だろう。領内の年貢や税を取り立てる役人だ。手代はその下にいる役人のはずだ。つまり、前松という代官は何かの功労を立て側役という殿様の側近に出世したわけだ。だが、その前松は自分が使っていた手代二人を殺している。そういうことだな」

「……多分、そうよ。それから、三人は常五郎さんと石尾さんも殺しているのよ。ね、お夏、あんたははっきりとそう聞いたのよね」

「そう聞いたわ」

「おし、わかった。千早さん、お夏。おまえさんらは手柄だぞ。町方に知らせて引っ捕らえさせるのだ」

「だから、急いでやって来たのよ」

「まずは伊平次の家へ行こう。やつにこのことを知らせるんだ。相手は町人を殺しているのだから、これは御番所（町奉行所）の仕事になる」

金三郎は寝間着を脱ぎ捨て、着流しに着替えはじめた。千早は金三郎の、思いの外逞《たくま》しい体に、一瞬目を奪われたが、すぐに視線をそらした。

「金さん、わたしとお夏は先に親分のうちに行ってるわ」

「わかった、すぐ追いかける」

茂兵衛店を飛び出した千早と夏は、神田仲町一丁目の伊平次の家に急いだ。町は神田川から流れてくる川霧に包まれていた。闇は薄くなっているが、人通りはまだない。ときどき朝の早い棒手振とすれ違ったぐらいだ。

「親分、親分……起きてください。親分」

千早に合わせて夏も声をかけた。腰高障子には源氏屋という屋号と、煙草の文字が書かれている。その戸を遠慮なくたたいた。

「いったいこんな早くから誰だい？」

先に起きてきたのは、女房のおのりだった。戸が引き開けられ、生っ白いのっぺり顔が現れた。千早は早口で用件をまくし立てた。

「そりゃ大変じゃないのさ。ちょいとお待ち。あの人、昨夜はひどく酔っぱらって帰ってきたからね」

おのりは家の奥に戻ると、わあわあいいながら伊平次を起こしにかかった。しばらくすると、酒臭い息を吐きながら伊平次が出てきた。

「おい、常五郎殺しの下手人を見つけたってのは本当かい」

「ほんともほんと、こんこんちきのほんとよ。だから親分、宿酔《ふつかよ》いだっていってる場合じゃないわよ」

夏が叱咤するようにいう。

「おお、わかった。それじゃあれだ、高杉の旦那に知らせなきゃならねえ」

伊平次がそういったとき、金三郎がやってきた。

「八丁堀に知らせるのはおまえさんじゃなくていい。忠吉を走らせるんだ。おれたちは先に、三之輪町の白河屋に行って張り込むんだ」

「そうか、そうしよう。よし、今すぐ忠吉をたたき起こして、八丁堀に走らせよう」

伊平次は裏の長屋に行って忠吉をたたき起こすと、八丁堀の高杉小弥太の屋敷に走らせた。それを見送ると同時に、千早たちは三之輪町に急いだ。

二

千早たちは朝靄《あさもや》に包まれた日光道中を、もくもくと急ぎ足で歩いた。東雲《しののめ》から朝日が射しはじめ、往還にも人の姿がちらほらと見られるようになった。まだ朝まだきではあるが、店を開け暖簾を上げる店もあった。

「相手は三人だな」

白河屋に近づいたところで、金三郎があらためて聞いた。

「三人よ。他にはいないわ」

千早は足を止めた。白河屋はあそこだと指を差す。すでに暖簾が上げられ、表戸が開いていた。明け六つ（午前六時）の鐘音を聞いたのはそのときだった。

「伊平次、町方の旦那らが来るまで裏と表を見張るんだ。相手が動いたら、おれたちは尾ける。千早さんとお夏は、危なくないところに控えておれ」

金三郎が指図した。こういったときは、伊平次より金三郎のほうが頼れそうだ。

「ひとまず裏がどうなっているか見ておくか」

のんびりという金三郎は、千早に案内させた。

千早と金三郎は旅籠の裏にまわった。昨夜は暗くてわからなかったが、旅籠の裏は何とも侘《わ》びしげな畑が広がっていた。畦道《あぜみち》の先には栗や櫟の木立があり、鴉が鳴き騒いでいた。

篠竹の垣根越しに、例の三人が泊まっている離れが見えた。

「そこだな」

金三郎は離れを見ながらいう。障子は閉め切られていて、人がいるかどうかわからない。渡り廊下にも人の姿はなかった。ただ、一階の庭に面した廊下を忙しく行き交う女中の姿があった。

「町方が来たら、おれたちはここを押さえることにしよう。……戻るか」

独り言のようにつぶやいた金三郎は引き返した。千早は黙ってあとをついていく。

金三郎の着物には煙草の匂いがあった。これが男の匂いだと、千早は場違いなことを思った。

表に戻った。例の三人はまだ出てこないと、夏がいう。通りを大八車が過ぎ、近くの旅籠から早立ちの旅人が送り出された。

目の前の朝靄がゆっくりと風に払われている。

「ひょっとしてもう旅籠を出ちゃったってことないかしら……」

千早は白河屋に目を注ぎながらつぶやいた。

「昨夜、あの三人は、側役の前松は明日の朝早く抱屋敷を出ると、そんなことをいっていたわね」

千早は夏を見た。

「うん、そういってたわ」

「金さん、白河屋に行ってたしかめたほうがいいんじゃないかしら」

「そうしよう」

金三郎は応じるなり、白河屋に向かった。玄関にその姿が消えたと思ったら、すぐに表に出てきた。早足だ。それに表情が厳しくなっている。

「おい、もうやつらはいない。半刻も前に宿を払ったそうだ」

「え、それじゃ、どうすりゃいいんだ」

伊平次が素っ頓狂な声を上げた。

千早は思わずまわりを見回した。それから金三郎に顔を戻した。

「金さん、ともかくやつらの狙いは前松という側役よ。その側役は采女正様の抱屋敷から出てくるはず。すると、やつらは待ち伏せをしているのではないかしら」

「考えるまでもなくそうだろう。千早さん、その抱屋敷の表門はわかるな」

「もちろん」

千早が先頭になって、抱屋敷に向かって歩きだした。途中で金三郎が横に並んだ。町屋を過ぎると、寂しい一本道になる。右が旗本の水谷屋敷、左が抱屋敷の長塀。

「門はどこだ？」

「もう少し行った先」

金三郎は左右に目を動かした。道はまっすぐ延びており、見通しが利く。

「奸賊はどこかにひそんでいるはずだ。右手に百姓地があるな。その先が寺か……みんな、ここで待ってろ」

金三郎はばっと両手を広げて、全員の足を止め、そのまま懐手をして先に歩いていった。

「なにする気かしら……」

　夏が大きな目をしばたたいて聞く。

「例の三人の隠れ場を探すつもりよ」

「見つかったらどうするのよ」

「金さんはそんなヘマはしないわよ」

　という千早の胸は、ドキドキ高鳴っている。伊平次を見ると、自分の身の処し方がわからない顔をしている。しかし、何かを思いついた顔になって夏を見た。

「お夏、おまえは白河屋の前に戻っているんだ」

「え、なんであたしが？」

「高杉の旦那たちが来たら、こっちに呼んでくるんだ。このままだと何も知らない旦那らは、白河屋に行っちまったままになるだろうが」

「……そうか」

「さ、行け。こっちはおれたちにまかせておけ」

「わかったわよ。でも、千早さんは？」

「わたしはここでもう少し様子を見るわ」

　千早は伊平次に何かをいわれる前に遮って答えた。そういうことだと、伊平次がいう。夏が来た道を戻りはじめたとき、通りの先に行っていた金三郎が振り返った。こっちに来いと手招きをしている。

千早と伊平次は金三郎の許に駆けた。金三郎は百姓地にある杉木立のなかに二人をいざなった。

「ここに三人はいない。隠れているならその先の寺だ。屋敷の表門も、寺の境内からだとよく見えるはずだ」

千早は通りを眺め、それから屋敷の表門を見た。屋敷前にある寺は正燈寺《しょうとうじ》という。その手前には小さな町屋があるが、葦簀張りの店が通りに面している程度だ。店はまだ開いていないので、奸賊は正燈寺の境内にいると思っていいだろう。

雲間から朝の光が束となって地上に射した。しかし、それもほんの短い時間だった。空にはひと雨きそうな気配がある。いつしか、朝靄は流されていた。

木立の奥で小鳥たちが鳴き騒ぎ、どこかで鶯の声がした。

「お殿様の側役がなぜ抱屋敷にいるのかしら?」

千早が疑問を口にすると、金三郎が答えた。

「よくはわからぬが、抱屋敷にその前松という側役の家があるのかもしれぬ。そうでなければ、何かの役目を預かってここに来ているのだろう」

「役目って……？」

「ふむ。抱屋敷には大事な物をしまう蔵がある。例えば鎧兜《よろいかぶと》や骨董、あるいは高価な焼き物や絵だ。米や芋などをしまう蔵もあるはずだから、それらを上屋敷あたりに運ぶのかもしれぬな」

「金さん、詳しいねえ」

伊平次が感心顔でいう。

「武士ならそのぐらいのことは知っていて当然だ」

金三郎はうそぶくようにいった。おそらく伊平次も金三郎の本当の出自は知らないはずだ。千早は軽く肩をすくめて金三郎を見、それからまた屋敷の表門に目を戻した。

と、まさにそのときだった。その門が両側に大きく開いた。

三

千早らは息を呑んでその様子を見守った。

まっ先に表に飛び出してきたのは、草鞋《わらじ》に脚絆《きゃはん》、梵天《ぼんてん》帯に尻端折りをした足軽だった。つづいて槍持ちと若侍二人が現れ、羽織袴に紋入りの韮山笠《にらやまがさ》を被った男が現れた。

「あれが、側役の前松義一郎かしら……」

千早の疑問には、金三郎も伊平次も答えなかった。黙って門前に視線を注ぎつづけている。韮山笠を被った武士のあとから、大八車が押し出されてきた。菰《こも》を被せた荷が積んである。何の荷かわからない。大八車は三人の小者によって引かれていた。最後に挟箱持ちと二人の中間が出てきて、門が閉じられた。

「高杉の旦那たちは来ねえな……」

伊平次が町屋のほうを振り返っていう。金三郎は動き出した大八車のほうに視線を向けたままだ。だが、刀の柄を握りしめている。

「伊平次、十手は預かってるな」

「へえ」

答えた伊平次は腰の帯から十手を抜き出した。

「町方の旦那衆がやってくる前に騒ぎになったら間に入る」

「へ、へえ」

伊平次は緊張の面持ちで金三郎に応じる。そばにいる千早も緊張を禁じ得ない。

「千早さん、何があってもここを動くでないぞ」

金三郎に指図された千早は、「はい」と応じたが、その声はうわずっていた。高杉らが来ないかと町屋のほうに目を向けるが、その気配はない。通りにも人の姿はなかった。

抱屋敷を出た一行は粛然《しゅくぜん》と歩を進めていた。とくに変化はない。このまま何事も起きないで目の前を通り過ぎてくれと、千早は心の内で祈るように思った。心の臓が早鐘を打ちはじめていた。

大八車の音だけがあたりに響いている。

風が木立のなかをゆるやかに流れていった。

「むっ」

金三郎が短くうなった瞬間だった。正燈寺の境内から三人の男が駆け現れ、大八車の前進を阻むように立ち塞がった。何か怒鳴る声がしたが、よく聞こえなかった。

「伊平次」

そういうなり金三郎が杉木立から勢いよく飛び出した。伊平次がへっぴり腰でつづいた。千早はそばの木にしがみついて見守る。これからのことを予測すると、我知らず体がガタガタ震え出した。

「前松義一郎殿、天誅でござる！」

そういって刀を引き抜いたのは、茂原だった。

佐久間も横井もそれに合わせて刀を抜いた。韮山笠を被った前松と配下の侍は刀の柄に手をあてているだけだ。だが、大八車を押していた小者と足軽は難を避けるように逃げだした。あきれたことに、槍持ちまでも逃げてゆく。

「天誅とは何事だッ。下がれッ、下がらぬかッ」

前松が必死の形相で恫喝《どうかつ》したが、茂原や横井らに怯《ひる》む様子はない。

「お手前の所業、胸に手を当てれば他人に問うことはなかろう」

「何の所業だと申す。無礼者。それにしてもおぬしらは、なぜ江戸におる？　さては脱藩してきたか……」

「笑わせるな！　拙者らに刺客を送り込み、ひそかに暗殺を目論んだのはどこの誰だ！」

「さて、何のことやら……」

「やはりそうやって白を切るか。この下衆《げす》」

「下衆だと……」

前松が一歩足を進めて肩を怒らせた。

「貴様らのような下っ端に下衆呼ばわりされる覚えはない。だが、ここはぐっと堪えてやろうではないか。そこをどけ、されば不問にしてやってもよい」

そういった前松の目がちらりと金三郎と伊平次にいった。

「うまくいい逃れて、命を惜しむとはやはり貴様は腐った芋虫だ」

罵《ののし》ったのは、それまで黙っていた横井だった。

「なんと申した。今なんと申した？」

前松の顔が紅潮し、目がぎらついた。

「腐った芋虫といったのだ！　裏切り野郎！」

横井が斬りかかっていった。それを護衛役の若侍が弾き返した。

前松も刀を抜き、身構えた。

「かまわぬ斬って捨てよ！」

「斬られるのは貴様だッ！」

前松に横井が怒鳴り返し、地を蹴った。股立ちを取った袴の裾が風音を立てた。同時に大上段に振りかぶられた刀が、鈍い光を放った。

前松は後ろにさがり、大八車を盾にした。そこへ横井が執拗に撃ちかかるが、若侍が前松を庇って立ち塞がる。

杉の木にしがみついて様子を見ている千早は、佐久間が動かないことに疑問を抱いた。さらに、金三郎と伊平次も距離を置いたまま傍観者となっている。

千早はどういうことなのだろうかと思うが、横井と茂原は必死の形相で前松義一郎に迫ろうとしている。だが、二人の若侍が奸賊の襲撃を必死にかわしている。

「ええいどけ、どけッ！」

怒鳴り声を上げた茂原が、ひとりの若侍を斬った。

「ぎゃあー」

肩口を斬られた若侍は、刀を落とし、そのまま大八車に背を預け、ずるずると地にうずくまった。

「やめろやめろ、やめぬか！」

今度の声は金三郎だった。

だが、乱闘する者たちにその声は届いていないようだ。

「佐久間殿、何をしておる！　助太刀をせぬか。金は払ってあるのだ。ここで約束を違えると、貴殿まで斬らねばならぬぞ」

目を血走らせたまま茂原が、佐久間与右衛門をにらむように見た。ついで、斬りつけてきた前松の刀をすりあげて払った。

その刹那、金三郎が前松義一郎と茂原の間に割って入った。

「貴様は？」

茂原だった。

「助太刀してくださらぬか。こやつらは謀反《むほん》をはたらく不届き者でござる」

前松が救いを求めるような顔をした。

「いい加減なことをいうんじゃないッ！」

茂原がいい返した。

「ともかく刀を引けッ、引くんだ！」

金三郎は仲裁をしようと必死の形相で怒鳴る。

「邪魔をするな。こやつは悪党なのだ。斬って成敗しなければならない奸物なのだ、邪魔立てすればそこもとも斬る」

茂原が脇構えになって、金三郎をにらんだ。

「面倒だ、斬ってしまおう。佐久間さん、どうした？　この期に及んで臆病風でも吹かしているのか」

責めるようにいうのは横井である。佐久間与右衛門は刀を抜いてはいるが、どっちつかずの顔で迷っている。その額には粟粒《あわつぶ》のような脂汗が浮かんでいた。

「ええい、何をしておるかッ！」

苛立《いらだ》った声を上げた横井が、いきなり佐久間を斬った。金三郎が止める暇もなかった。佐久間は腕を斬られて片膝をついて刀を落とした。そこへ、もう一度横井が斬りつけようとしたので、金三郎が刀を払った。

ちーん。

「貴様ッ……」

刀を払われた横井は口をねじ曲げ、牙を剝くようになって、金三郎をにらんだ。今、金三郎と横井が対峙している恰好になっている。また、茂原も金三郎に刀の切っ先を向けている。前松義一郎は金三郎の背後にまわり、若侍をそばにつけた。

「おれにはどんな事情があって、こんな仕儀になっておるのかわからぬが、貴様らは大工常五郎を殺した下手人だな。さらには石尾釜之助をも斬っていると聞いた」

「何ッ！」

横井の顔に驚きが走った。

「貴様は、いったい何者だ？」

茂原が鬼の形相で訊ねる。

「何者だろうがいいではないか。ともかくこんな騒ぎは、馬鹿馬鹿しくてならねえ」

「こやつ、勝手なことを……」

うなった横井がいきなり金三郎に撃ちかかった。

木の陰で見ている千早は、はっと息を呑んだ。だが、つぎの瞬間、金三郎はひょいと腰を落とすなり、横井の懐に飛び込んだ。肉をたたく鈍い音がした。

横井の体が二つに折れ、前に倒れた。

金三郎はさらに、その後ろ首に柄頭を撃ち込んだ。

「うっ」

短くうめいた横井はそのまま地に倒れて動かなくなった。慌てたのは茂原である。

「き、貴様……」

「なんだ？」

金三郎は涼しい顔で茂原を見返し、悠然と構え直した。

「ここはひとまず貴様も押さえるしかないようだな」

「何だと。くそ、こうなったからには……」

茂原は袈裟《けさ》懸《が》けに刀を振った。金三郎は足を引いて、それをかわす。だが、茂原は攻撃の手をゆるめない。振り切った刀を、腰間からすくい上げ、またかわされたと思うや、鋭い突きを入れる。

見ている千早は気が気でない。駆けつけてくれるはずの町方の連中はまだ現れない。だが、とっさに思いついて大声を上げた。

「町奉行よ！　お役人が来たわ！」

その声を聞いた茂原に動揺が走った。金三郎はそのわずかな隙を逃さなかった。撃ちかかってきた茂原の右腕をつかむなり、その体を腰に乗せ、思い切り地面にたたきつけたのだ。さらに、腕をねじ上げて、手の刀を奪い取った。

このとき本当に、北町奉行所の同心・高杉小弥太が小者二人と下っ引きの忠吉を連れて駆けつけてきた。夏もいっしょである。

「控えろ！　控えろ！」

尻端折りした高杉が、羽織をひるがえしながら叫んだ。

四

「いったいこれは何事だ？」

　瓢簞顔に汗を噴き出している高杉は、地に倒れている横井らを眺め、それから金三郎と韮山笠を被っている前松義一郎に目を向けた。

「いいところに来てくれた。わたしは戸田采女正様の御側役・前松義一郎と申す。将軍への献上物を上屋敷に運ぶところを、この賊徒に襲われたのである」

「何と采女正様の……」

　高杉が絶句して、目を瞠ったとき、抱屋敷からどどっと十数人の侍がやってきた。

「いかにも。ここで足止めを食らっては大事な御用が果たせなくなる。あとのことはそのほうにお任せいたすので始末を頼む」

「それはならないわ」

　いったのは千早である。

　人垣を割って前に出ると、キッとした目を前松義一郎に向けた。

「そなたは？」

「そなたでもなんでもいいですけど、あなたは国許の手代を暗殺し、さらにここに倒れている茂原と横井という侍に刺客を向けたというではありませんか」

「ふふ、誰がそんなことを……いきなりの戯れ、笑止千万。町方のお役人、この女を下げてくれ。手前には大事な御用があるのだ。思いもよらぬ足止めを食らって迷惑このうえない。先を急ぐので、道を開けてもらおう」

「何だか卑怯よ！」

今度は夏だった。腕まくりして、六方を踏むようにして千早の横に並んだ。

「そこに倒れている、その二人……」

夏が倒れている横井と茂原を見ていったとき、その二人が意識を取り戻して目を開けた。そのまま周囲の人垣に、驚いたように目を見開く。

「伊平次、その二人に縄を打ったほうがいいぜ」

金三郎の指図で、伊平次ははっと気づき、忠吉にも縄打ちを手伝わせた。横井と茂原はまだ頭がぼんやりしているらしく、逆らうこともできず縄を打たれた。

「その二人がいっていたわ。あんたは人殺しだって、裏切り者だって」

「あ、あんた……だと……」

前松義一郎はあきれたように目を瞠った。

「じゃあ、前松さんでいいのかしら。とにかくその縄を打たれた二人がいっていたわ。国許の手代を殺した下手人だって。ねえ、そうよね」

夏は恐れを知らぬ物いいで、横井と茂原を見た。

「こんな賊徒のいうことをまともに受けるでない。ともかく町方のお役人、そうだお手前の名は？」

前松は夏を無視して、高杉に訊ねた。

「北町奉行所定町廻《じょうまちまわ》り同心の高杉小弥太と申します」

「高杉殿、先に申したが手前どもは大事な御用の途中である。賊徒やどこの誰かもわからぬ女の与太話に付き合っている暇はない。通してもらうぞ」

「与太話ではないわ！」

千早が声を張った。

「そうよ」

と、夏も応じる。だが、前松は相手にもしないという顔で、手下の者らに大八車を動かすように指図した。

「裏切り者ッ！」

縄を打たれた茂原が強く吐き捨てた。前松はそれにもかまわず、大八車を出すように小者にいいつけた。

千早はどうするのだと金三郎に問い、高杉にも目を向けた。

「千早さん、ここは譲るしかなかろう。まずは常五郎殺しと石尾殺しの下手人を捕まえたのだから……」

「それじゃ側役の前松は……」

千早は大八車について歩く、前松義一郎を見送った。

「相手は大名家の御側役だ。はっきりした証拠がなければ、御番所も手は出せぬだろう」

金三郎がいうように、高杉は黙って前松を見送っていた。それからゆっくり顔を戻して、千早らに目を向けた。

「常五郎殺しの下手人というのはその二人のことだな」

「腕を斬られている佐久間という人もそうよ」

「よし、そやつにも縄を打て」

高杉は佐久間を見て、連れてきた小者に指図した。

「それで、これはいったいどうなっているのだ？　知らせを受けてやって来たはいいが、大騒ぎではないか」

「それは高杉の旦那、縄を打った三人から話を聞けばわかることですよ。でも、常五郎さんを殺したのは、この三人だというのは間違いないわ」

「あたしがこの耳で聞いたのだから本当ですよ」

千早に夏が言葉を添え足した。

そのとき、縄を打たれうなだれていた佐久間与右衛門が口を開いた。

「わからぬ。……わからなくなった」

全員が佐久間を見た。

「この二人に単に唆《そその》かされたのかもしれぬ」

佐久間の目は、同じく縄を打たれている横井と茂原に向けられた。斬られた腕が疼《うず》くのか顔をしかめた。

「どういうことだ、申せ」

高杉がいった。

「わたしはこの二人に、天誅を下さなければならぬ人間がいるので、手を貸してくれと頼まれました。また、二人は大垣から出てきたばかりで、江戸には不案内なので道案内役を兼ねてくれともいわれました。無論、あっさり引き受けたわけではありません」

「黙れ、黙れッ」

横井が遮ったが、高杉がその口をぴしゃりと十手で閉ざした。佐久間はつづけた。

「話を聞けば、前松義一郎殿が国許で代官を務めていたとき、自分の下についていた手代二人を謀反のかどで闇に葬ったというのです。しかし、その二人の手代は単に、前松殿の出世の踏み台に利用されただけで罪はなかったと……。それで、ここにいる横井と茂原はその敵を討たなければならぬということでした。わたしはその話を信用し、金二十両で仕事を請け負うことにしたのですが、行動を共にしているうちに、国許で殺された二人の手代というのが、じつはこの二人ではないかと思うに至ったのです。そして、先ほど前松殿に闇討ちをかけたときに、やはりそうだったのだと疑念を払ったのです」

「それじゃ、国許で殺された手代はいなかったというわけ……？」

千早はまばたきをした。

「おそらくそうでしょう」

「おぬしら、どうなのだ。いずれじっくり調べることになるが、ここは観念のしどころだぞ」

高杉は諭すようにいったが、茂原も横井もうなだれたまま返事をしなかった。反論しないということは、佐久間のいうことが正鵠《せいこく》を得ている証拠だろう。

「そうか、ここでは話せぬか。ま、よいだろう。大番屋にてじっくり話は聞く。だが、大工常五郎殺しはおぬしらに間違いないのだろうな。ここにいるお夏という女が、その耳でおぬしらからはっきり聞いたと申しているのだ」

「相違ございません」

いったのは、すっかり観念している佐久間だった。

「江戸にて御側役という大役にある前松義一郎を討つには、三人では十分でないとわたしどもは考えました。そこで、小十人組を解かれたばかりの石尾釜之助にわたしは声をかけることにいたしました。石尾はわたしが小十人組にいたころの下役であり、また面倒を見たこともあったので、誘いをかけたのです。石尾は当初、躊躇っておりましたが、借金を溜めており、二進《にっち》も三進《さっち》もいかなくなったのでしょう。石尾のほうから直接、この二人に話を聞きたいという申し出をしてきたのです」

「………」

千早はじっと耳を傾けた。

「それでわたしは、この二人を連れて石尾の家に行き、経緯を話し、またいかにして前松義一郎を襲撃するか、その計画の一部始終を話しました。ところが、そのとき誰かに盗み聞きされていることに気づいたのです。それが、常五郎でした。もっともそのときは気配だけで、誰であるかわからなかったのですが……」

常五郎だと気づいたのは殺したあとだったらしい。

ともかく佐久間らは、常五郎を放っておけないと思った。

暗い夜ならそのまま追いかけて斬ればよかったが、それは夜が明けて間もなくのことであり、人目もあった。

逃げる常五郎を追ったのは、横井と佐久間だった。さいわい常五郎は人気の少ない道を辿り、昌平坂を下っていった。口を封じるならここだと思った佐久間は、それとなく横井に目配せをした。

横井の動きは早かった。素速く常五郎に追いつくと、その口を塞いで坂道の脇にある藪のなかに連れ込んだ。常五郎は命乞いをしたが、横井は何の躊躇いもなく斬りつけた。だが最初の一撃は、常五郎の手首を斬っただけだったので、脇腹を刺し貫いた。それであっさり、常五郎は息絶えてしまった。

「それじゃ、どうして石尾さんを殺したりなんかしたのよ。石尾さんは仲間になったんでしょ。それなのに、どうしてひどいことを」

千早は責め口調で佐久間をにらみ、うなだれたままの茂原と横井を蔑んだ目で見た。

「……石尾は盗み聞きをしていたのが、常五郎だとあとで知ってひどく落ち込んでいた。それは妻の兄という間柄だったのだから無理のないことだった。それに、話を聞けばその常五郎にずいぶんと金を借りて世話になっていたらしい。そのことも石尾は悩んでいた。そして、常五郎を殺した明くる日に、石尾は今度の計画から降りるといった。わたしは引き留めたが、やつは頑なだった。どうしてもといわれれば、わたしもそれ以上勧めるわけにはいかない。申し出を呑むことにしたが、この二人は違った。計画を知った以上、途中で降りられては困るというのだ。わたしは石尾は口の固い信用のおける男だといったが、聞いてはくれなかった」

「それじゃ、殺したのは……」

「この二人だ」

佐久間は横井と茂原を冷め切った目で眺めた。

「それじゃ財布にあった二十両は、この二人からもらったお金だったのね」

千早が金のことを口にすると、さっと茂原の顔が上がった。それは「しまった！」という顔つきだった。

「よし、往来での話はその辺でいいだろう。もっと詳しい調べは大番屋に行ってからだ」

高杉が佐久間の襟をつかんで立たせた。どうやら自身番での調べを省略して、そのまま大番屋に連れ込むようだ。

「伊平次、引っ立てる」

「へい」

高杉にいわれた伊平次は、小者といっしょになって横井の縄尻を取った。

千早と夏と金三郎は、しばらく高杉らを見送ってから歩き出した。抱屋敷から出てきた侍らは、斬られた朋輩を屋敷内に連れ帰っていた。門の前で、騒ぎを見守っていた者もいたが、やがてその姿も屋敷内に消えていった。

「金さん、見直したわ」

千早は下谷の通りに出てから、横を歩く金三郎を見上げた。

「別にこれといって大したことはやっちゃいないがな」

「いやいや、ご謙遜を」

「ねえ、なんのこと？」

夏が興味津々の顔を向けてきた。

「あとでゆっくり話してあげるわ」

千早はにっこり微笑んでやった。

五

千早は店の帳場に座り、文机に頬杖をつき、ぼんやりと表を眺めていた。天気のよい日で、うっかりするとそのまま居眠りをしそうだ。

店は決して忙しいとはいえない。朝、仕事探しに出かけた夏を送り出してからやって来た客は、たったの三人。それも売り上げは百文にもなっていなかった。

天秤棒を担いだ苗売りが店の前を通り過ぎていった。その売り声が、何だか間延びしながら遠ざかってゆく。

「……へちまの苗ィー、茄子《なす》の苗ィー、朝顔の苗に夕顔のなーい、瓢箪も冬瓜《とうがん》の苗もあるよ、苗ィー……」

本当に眠くなってきた。

千早は頬杖が外れそうになって、びくっとした。

しばらくすると植木屋が前を通っていった。

「うえー木屋アー、えいうえー木、うえー木花アー……」

こっちもまた眠気を誘う声だった。何だかさっきから植木や苗ばかりだと思う。

「おい、いるかい」

いきなり元気な声がして、暖簾がめくり上げられた。

顔を出したのは、岡っ引きの伊平次だった。

「なんだ、びっくりするじゃありませんか」

「客が来ていちいちびっくりしてちゃ商売にならねえだろう」

「あら、すると親分は、今日は客なの？」

「そうじゃねえがよ」

伊平次は式台に腰をおろし、仁王のような下駄面を両手で洗ってから、

「この前の件だがよ。ようやく片が付いたようだぜ」

と、懐から煙管を取り出した。

「あら、どういうふうに？」

気になっていることだったので、千早は聞きたいと思った。伊平次に煙草盆を出し、茶を淹れてやった。

「常五郎と石尾釜之助を殺したのは、高杉の旦那の調べ通りというか、おまえさんらが聞いた通り、茂原と横井の仕業だった。あの日、佐久間がしゃべくったようなことだ。ところが、ことはそれで収まったわけじゃないんだ」

「どういうこと？」

伊平次は勿体ぶって茶に口をつけてから話した。

「あの日、采女正様の御側役前松義一郎は、将軍への献上物を上屋敷に運ぶところだった」

「そうでしたわね」

「大八車の荷は、何でも値打ちのある美濃焼という皿や茶碗だったらしい。まあ、そんなこたあどうでもいいんだが、あの前松という御側役は、国許で代官をしているときに城下の豪商と手を組んで米相場を操っていたらしいのだ」

「米相場を……」

「そう。米の値をつり上げたり下げたりして、しこたま儲けたという。その手先となっていたのが、代官の下役だった横井と茂原だったというわけだ。だが、前松は儲けた金で家老や城代を接待して、殿様の側近である側役に出世したんだな。何でも側役になれば、家老や城代への出世の道が開けるらしいのだ。ともかく前松は、米相場を操ったのが表沙汰になれば、自分の首が飛んでしまう。それを恐れて、前松は横井と茂原を暗殺しようとした。ところが、殺されかけた二人は、前松が仕向けた刺客に気づき、逆に刺客の口を割らせ、前松の奸計を知ってしまった。それで我慢がならず、国許を飛び出して前松を殺しにやって来たのだ。簡単にいやあ、そんなとこだ」

「それで、前松はどうなったんです？」

「藩の目付に捕らえられ、いずれ死罪らしい。一巻の終わりってことだ。それから茂原と横井も御番所から大垣藩に身柄を移された。常五郎と石尾殺しもあるが、騒ぎの許は大垣藩内のことなので、そっちで処断するって話だ。まあ、こっちも死罪は免れねえだろうな。同情する気などさらさらねえが……」

「佐久間さんはどうなるんです？」

千早は佐久間与右衛門は、ある意味で犠牲者だと思っていた。

「あの男は御番所預かりだ。いずれ御奉行の裁きがあるだろうが、軽くて遠島だろうと高杉の旦那がいっていたから、死罪と思っていいだろう」

「……それじゃみんな死罪になるってことなのね。……悪いことはできないわね」

千早はしみじみといった。

「そういうことだ。だけど千早さん、旦那が褒めていたぜ。あんたとお夏の働きには礼をいわなきゃならないと。そのうちに顔を出すそうだ」

「そんなことはどうでもいいのに、それより金さんこそお手柄じゃないのかしら」

「それもあるんだ。おれはこれから金さんとこへ行って、そのことを伝えなきゃならねえ。ともかく、高杉の旦那がよろしくといっていたよ。それじゃおれは行くぜ」

伊平次は茶を飲みほして店を出ていった。

するど、すぐ表で夏の声がした。

「あら、親分。どこ行くの？」

「今千早さんに話をしてきたとこだ。おまえさんがいりゃ、いっしょに話したんだが、まあ千早さんに聞いてくれ。悪い話じゃねえ、おまえさんらのお手柄を町方の旦那が褒めていたってことだ。それじゃ、またな」

すぐに夏の顔が現れた。

「千早さん、あたしたちのお手柄だって。親分、何を話しに来たの？」

「それより仕事はどうしたのよ？」

「何となくまとまりそうな口がひとつあった」

「あれ、それはよかったじゃない」

「ねえ親分は、何を話していったの？」

夏は身を乗り出してくる。

「わたしたちの手柄はともかく、今回の騒動がどうして起きたのか、それを話していったわ」

千早はそう前置きをして、伊平次から聞いたばかりのことを話してやった。

「それじゃ一番の悪党は、あの前松義一郎って側役じゃない。どうもいけ好かないやつだと思っていたんだ。でも、高杉の旦那があたしたちの手柄だといったのね」

「そういってるらしいわよ」

「何か褒美でももらえるかしら」

夏は宙の一点を見て、期待顔になっている。

「こらこらお夏、変な考えは起こさないことよ。それより、まとまりそうな口ってなに？」

「うん、品川に京菓子の店があるらしいの。何でも老夫婦でやっているんだけど、跡継ぎがないんだって。それで若い娘か男を養子にしたいらしいの。でも、菓子屋だからなかなか男の来てがないらしくて困っているというのよ」

「ふうん、お菓子屋か……」

「それでね、あたしにどうかって……養子になって仕事を覚えてもらい、婿をもらってくれればあたしの店になるっていうのよ。それで店を継いでくれれば文句ないらしいの」

「悪い話じゃないわね。で、どうする気？」

「話だけじゃわからないから、一度その店を見に行くって返事をしてきた。偏屈な爺《じじい》と婆《ばばあ》だったらいやじゃない」

あー、くたびれたといって、夏は足を投げ出し、茶請けの沢庵をつまんでぽりっと齧った。そのとき、また暖簾が撥ね上げられた。

今度現れたのは、何だかいかめしい侍だった。

千早は投げ出している夏の足をぽんとたたき、居ずまいを正させた。

「こちらに千早殿という女主がいると聞いてまいったのだが、そなたであろうか？」

侍は紋付きの羽織袴で、小者と中間を従えていた。

「さようでございますが……」

「ほう、聞きしに勝る美人であるな。すると、そばに控えるのがお夏殿であろうか」

侍は慇懃《いんぎん》な態度で夏を眺めた。

「こちらもなかなかの別嬪《べっぴん》ではござらぬか」

表情を硬くしていた夏の顔が一気にゆるんだ。

「それでお侍さんは……？」

千早の問いかけに、中年の侍は、これは申し遅れたと態度を改めた。

「拙者は戸田采女正様の家来、新田安兵衛と申す。此度、我が戸田家において由々しき問題が発覚いたしたが、騒ぎは穏便に取り鎮めることができた。その件で罷《まか》り越した次第であるが、そなたらは一方ならぬ大役をこなされた由、そのことに殿はいたく感心され、礼を申してこいとの使いを受け、不肖新田がその役目を仰せつかってまいった」

「それはご苦労様でございます」

千早は丁寧に頭を下げた。夏の背中を押して、同じように頭を下げさせる。

「本来であるなら殿自ら伺うところであるが、あいにく政務に忙しくて手が離せず申し訳ないと仰せであった」

そこで新田は言葉を切って、従者のひとりに「これへ」と顎をしゃくった。

暖簾をくぐってきた小者が、千早と夏の前に風呂敷包みを置いた。

「殿から礼の印である。遠慮はいらぬので納めてもらいたい」

「ご丁寧にこんなことをされると恐縮してしまいます」

「なに、気にすることはない。黙って納めるがよい」

千早は断るのは失礼だと思い、素直に受け取ることにした。

「それでは遠慮なく頂戴いたします。くれぐれもお殿様によろしくお申し伝えくださいませ」

「うむ、しかとお伝えすることにいたそう。それではこれにて失礼仕《つかまつ》る」

新田は軽く辞儀をすると、さっさと店を出て行った。

千早はしばらくの間、深く腰を折って礼をしていた。すっかり新田の気配が消えてから顔を上げ、夏と目を見交わした。

「何だろう?」

「千早さん、開けてみようよ」

千早は風呂敷を解いた。何と菓子箱の横に切り餅（二十五両）が添えられていた。それにも驚いたが、江戸で一、二を争う京菓子の名店・日本橋本石町の金澤屋の菓子にも目を丸くした。

「……切り餅と高級菓子よ」

千早は包紙を破り、きんきら輝く小判を一枚取ると、ためつすがめつ眺めて噛んでみた。小判に間違いなかった。

「すごいじゃない」

夏は興奮していた。

千早は菓子箱も開けた。いかにもおいしそうな、それも虹色をした色とりどりの菓子が現れた。夏が生つばを呑んだ。

「でも、お金どうしよう？」

「山分けよ」

夏がちゃっかりいう。千早もそうしようと思った。

「一枚がこっち、一枚がそっち……」

一枚ずつ、自分と夏の膝許に、交互に置いていった。そして、二十五両目。千早はしばし逡巡して、

「これはお夏、あんたが取っておくのよ。怖い目にあったのはあんたのほうだもの」

と、最後の一枚を夏のほうに押しやった。

「ううん、あたしはお世話になりっぱなしで、もうこれで十分。これは千早さんのものよ」

「駄目、あんたが取りなさい」

「いいってば、それは千早さんが……」

「いいえ、あんたのよ」

「駄目ッ」

一枚の小判が二人の間を往ったり来たりした。

これでは切りがないので、千早が折れることにした。

「わかった。それじゃ、これはわたしがもらっておく。あんたの食事代としてね。それでいい？　あとで文句いわないでよ」

「いうもんですか」

「絶対、いわないと誓う？」

「誓います」

結局、最後の一枚は、千早の膝許に収まった。

六

夏が店を出て行くことが決まったのは、それから二日後のことだった。

その日、品川の菓子屋白梅に足を運んだ夏は、店の主夫婦にいたく気に入られ、また夏自身も老夫婦を気に入ったようだった。

「あの店だったらあたしも何とかやっていけそうだし、話しているうちにこの年寄りの力に少しでもなりたいと思ったの」

　品川から帰って来るなり、夏は目を輝かせて報告した。

「千早さん、あたしにいつだったか、目的を持って生きるべきだといったでしょ。どんな小さなことでもいいから、ひとつの目的を持って生きるべきだと」

「いったわね」

「千早さんのように、この店を江戸一番にするんだという目的に比べれば小さいけど、あたしもあの店を継いで、少しは名の知れた店にしてみようと思うの」

「立派なことだと思うわ。……でもお夏、いい店が見つかってよかったじゃない。これも何かのめぐり合わせよ。人の結びつきなんてどうなるかわからないけど、その白梅の主夫婦とお夏は、結ばれるようになっていたんだと思うわ」

「そういうもんかしら……」

「人の運命なんて、きっと天の引き合わせだから」

「千早さんはときどき、神がかったことをいうのね。でも、面白い」

　夏はふふと、可愛く笑った。

　その夜、千早は夏の新しい門出を、ささやかに祝ってやった。

贔屓の魚屋から鯛を仕入れ、塩焼きと刺身にしたのだ。それで少しの酒を飲み、最後に鯛の吸い物で腹を落ち着けた。

「わたしは、ひとつだけお夏に嘘をついたわ」

そういったのは床に就いたあとだった。千早は天井の梁を見つめていた。

「嘘……なにを……？」

「わたしは嫁に行く気などなかったから、独り身を通しているといったこと」

「…………」

「ほんとはね、死ぬほど好きな人がいたんだ。この人ならいっしょに死んでもいいと思った人が……」

夏が寝返りを打つのがわかった。千早はその視線を片頰に感じた。

「どうしていっしょにならなかったの？」

「できなかった。だって、相手には立派な奥様がいらしたんだもの。わたしなんか足許にも及ばない美人で品のある人だった。まさか横取りするわけにもいかなかったしね」

千早は自嘲の笑みを浮かべた。

「でも、相手の人は千早さんを好きだったんでしょ」

「多分ね。駆け落ちしてもいいといわれたけど、そんなことは所詮できないとわかっていたし、いつしかわたしのほうから身を引いてしまって……それきり……」

父が切腹し、兄が謀反の廉《かど》で遠島になったのはそのころだった。

「お妾さんにでもしてもらえばよかったのに」

「そんなのいやよ。どうせなら本妻になりたかった。でも、もう遠い昔のことだから」

「千早さんにもいろいろあったんだね……」

「これからもいろいろとあると思うけど、とにかくあんたの受入先があってよかった。今度は短気を起こさず永続きさせなきゃね」

「そのつもりよ」

夏にしては素直な返事をした。

「さ、もう寝よう」

翌朝、朝餉を終えると、夏は身支度をはじめた。持ち物は千早の家に来たときから、ないも同然だったので、風呂敷包みを抱えると、それでおしまいだった。ただ、身だしなみだけはきちんとさせなければいけないと思い、千早は自分の誂《あつら》え物の着物を贈り、草履も新しく揃えてやった。

「それじゃ、千早さん。短い間でしたけど、お世話になりました。これで失礼します。品川にも暇があったら遊びに来てください。あたしも落ち着いたら、遊びに来ますから」

「ええ、楽しみにしているわ」

「千早さん」

夏がまじまじと見てくる。大きな目が少し潤んでいるように見えた。

「あたし、千早さん大好き。ほんとよ」

千早は微笑み返してやった。

「千早さんはあたしのこと、どうしようもないお転婆だと思ってるかもしれないけど、これからは少しでも千早さんに近づけるいい女になるわ」

「なによ。別れ際に胡麻《ごま》擂《す》りなんかして」

「胡麻擂りなんかじゃない。ほんとのことだもの」

「それじゃありがたく受け止めておくわ。さあ、そろそろ行ったほうがいいわよ」

千早は夏を表まで送り出したが、何となく別れがたく、筋違御門までついていった。そこで見送るつもりだったが、

「まだ、店の暖簾は上げていないから、もう少し先まで行こうか」

といって、結局は日本橋まで歩くことになった。二人とも話したいことはたくさんあるはずだったが、なぜか言葉は少なく、口にするのは天気や町屋の軒先に出された花のことだった。

「さあ、ここまでよ」

千早は日本橋の上で立ち止まった。

「うん、ありがとう」

お辞儀をして顔を上げた夏の顔に、橋の下を流れる川の照り返しがあたり、大きな目がキラッと輝いた。

「しっかりやるのよ」

「わかっています。千早さん、ほんとにお世話になりました」

「うん、うん」

「それじゃ、これで」

夏はもう一度辞儀をして、そのまま去って行った。千早はその後ろ姿をいつまでも見送っていたが、夏は一度も振り返ることがなかった。ちょっぴり寂しい気はしたが、それが夏なんだと思って家路を辿った。

店に戻った千早は、いつものように暖簾を上げると、帳場にちょこなんと座った。何だかずいぶん静かな気がする。表に目を向けるが、町はいつもと変わらない。

茶を淹れてゆっくり飲んだ。今にも夏が下駄の音をさせて帰ってきそうな気がする。でも、もうそれもないし、そんなことがあってはならない。夏は今度こそ、品川でちゃんと自分の生きる道を見つけるはずだ。それが夏のためだし、そうあるべきなのだ。

ひとりの客が来て、茶飲み話をして帰っていった。時間がたつにつれ、夏への思いが薄れていった。しかし、昼前に表に出てまわりを眺めてみた。もちろん夏の姿などない。店に引き返そうとして、足を止めた。

やはり、気になる。ためしに筋違御門を抜け、八ツ小路の端に立った。

広場には青物市が立っており、供侍を連れた武家や相撲取りの姿があった。ここもいつもと変わらなかった。

「わたしは何をしているんだか……」

自分にあきれながら、ため息をついて店に戻った。

店の前に来たときだった。和泉橋のほうから駆けてくる女がいた。千早は、はっと息を呑んだ。

「千早さん！　千早さん！」

張り裂けんばかりの大声で、髪を振り乱し、着物の裾をひるがえして駆けてくるのは夏だった。

「お夏……」

千早は開いた口が塞がらないといった顔をした。

夏はそばに来ると、はあはあと肩を喘《あえ》がせた。

「あたし、芝口橋まで行って、そこで足が止まって……どうしようかと思って、海を見に行ったの」

「…………」

「それからよくよく考えて、やっぱり千早さんといっしょにいたいと思った」

「……どうしてよ」

「あたしは、千早さんの店で働きたい。千早さんの店をいっしょに大きくしたい。あたしの目的はそれだと気づいたの。だから、千早さん。お願い、あたしをもう一度店に置いてください。あたし、心を入れ替えて、何でもします。だってだって……」

「なに？」

「千早さんはあたしのお姉さんみたいなんだもの。そんな人をひとりにさせたくないの。お願いだから、あたしを置いてください。この通りです。お願いします」

驚いたことに、夏は人目も憚《はばか》らずその場にひざまずくと、いきなり土下座した。

「姉さん、見放さないで、あたし日本橋で姉さんと別れて、悲しくて寂しくてどうしようもなかった。あたしに大事なのは姉さんだとわかった。だから、お願いです」

夏は涙を流し、顔をくしゃくしゃにして懇願した。

「お夏、もういいから、こんな通りじゃ誤解されるわ。さあ、立って店に戻ろう」

千早は夏に手を貸して立たせた。

店に戻ると、居間で向かい合った。

「あんた、これでいいと思っているの？　約束をした品川の店はどうするの？」

夏は首を振って行かないという。

「それじゃ……」

千早は、はあと、大きく息を吐いた。夏は半分泣き顔だが、必死の形相だ。

「ほんとにいいの？　あんたを十分食べさせるだけの稼ぎはないのよ」

「だから頑張って働きます。江戸一番の店にするんでしょ」

「そ、そりゃそうだけど……」

「あたしも手伝わせてください。お願いします」

夏は額を畳につけた。

千早はその様子を、じっと眺めた。本当は嬉しかった。嬉しいけど、これでいいのかと何度も自問した。しかし、夏の気性を考えると、ここで説得しても聞く耳は持っていないだろう。

「……わかったわ」

ずいぶんたってから千早は口を開いた。夏の顔がさっと上がった。

「あんたを置いてやる。だけど、甘い顔はしないよ」

「そ、それじゃ置いてくれるのね」

「仕方ないじゃない」

「嬉しい！」

夏は千早に飛びつくようにして抱きついた。

「姉さん、あたしは姉さんといっしょにこの店を大きくする。絶対そうすると決めたんだ。姉さん、頑張ろう。ほんとに頑張ろう」

もう姉さんと、すっかり呼ばれている。でも、千早は悪い気はしなかった。ただ心配なのは、今の夏の気持ちがいつまでつづくかである。厄介な荷物を背負い込んでしまったというかすかな後悔もあったが、もう開き直るしかなかった。

「よし、お夏」

「はい」

夏がぴんと背筋を伸ばした。

「二人でほんとに江戸一番の店にするんだよ。わかったね」

千早が手を取ってしっかりつかむと、夏は力強くうなずいた。

「それじゃ、たった今から一から出直しよ。わかったわね」

力強くいったあとで、千早はやわらかな笑みを口許に浮かべた。その顔に唐紙越しのあわい光があたった。

この作品は書き下ろしです。原稿枚数358枚（400字詰め）。

糸針《いとはり》屋《や》見《み》立帖《たてちょう》

韋駄天《いだてん》おんな

稲葉稔《いなばみのる》

平成20年6月10日　初版発行

発行者——見城徹
発行所——株式会社幻冬舎
〒151-0051東京都渋谷区千駄ヶ谷4-9-7
電話　03(5411)6222(営業)
03(5411)6211(編集)
振替00120-8-767643

印刷・製本—図書印刷株式会社
装丁者——高橋雅之

幻冬舎文庫

ISBN978-4-344-41134-0　C0193　い-34-1